Romana Ganzoni
Granada Grischun

Über dieses Buch

Ein Mädchen verliert mit sieben seinen einzigen Freund – und versinkt fortan in viel zu großen Gummistiefeln. Ein anderes wartet sehnsüchtig auf Schnee, denn seine Eltern haben ein Skigeschäft: Kein Schnee und sie sind verloren. Sommer heißt Freibad, und das gehört den Girls. Sie entdecken hier zum ersten Mal die Schönheit der Jungen. Wenn sie hingegen in der Turnstunde die stinkende Seraina quälen, überkommt sie die Lust an Gewalt.

Romana Ganzoni erzählt einmal poetisch, dann explosiv und immer überraschend von den Beben einer Kindheit im Engadin und den Nachbeben im Heute. Mit einer bildreichen, kraftvollen Sprache sticht sie in eine Zeit, in der die Welt am Bahnhof endet, Bäche und Kinder zusammengehören und die Menschheit sich in Katholiken und Protestanten aufteilt.

Manchmal entpuppen sich die Erzählungen auch als Hommage – an Herrn Baumann, mit dem man im Speisewagen eine Baumhütte baut. Oder an den Vater, der tanzen konnte wie ein Gott, wenn er »Öl am Hut« hatte, und der noch eine Rechnung offen hat, in Granada.

Romana Ganzoni

Granada Grischun

Erzählungen

EDITION BLAU

Belletristik im Rotpunktverlag

Dieses Buch erscheint mit finanzieller Unterstützung
von SWISSLOS/Kulturförderung, Kanton Graubünden,
der Graubündner Kantonalbank
und der Fondation Jan Michalski.

Der Verlag bedankt sich dafür.

Der Rotpunktverlag wird vom Schweizer Bundesamt
für Kultur mit einem Strukturbeitrag für die Jahre
2016–2020 unterstützt.

Lektorat: Daniela Koch

Umschlagbild unter Verwendung eines Fotos
von Piroska Szönye, heidiandtheswissnessfeeling.ch

Umschlaggestaltung: Ulrike Groeger
Satz: Patrizia Grab
Druck und Bindung: Friedrich Pustet, Regensburg

ISBN 978-3-85869-739-4
1. Auflage

Inhalt

Der Lippenstift

Blumen sind wunderschön, sie blühen im Dickicht, verblühen, und niemand hat sie gesehen. Wir ahnen ihre Schönheit überall, wo es nicht schön ist, deshalb plagt uns das Hässliche besonders. Manche beruhigt das Hässliche, weil sie nicht an das Schöne glauben, sie trauen sich das Schöne nicht zu, Anna aber wollte immer ein Ostermädchen bleiben, deshalb zog sie sich die Lippen nach mit *Rouge Allure, Nr. 14 Passion.*

Während sie sich im Klappspiegel betrachtete, dachte sie an die rote Tulpe im Dickicht, die sie als Kind kurz vor Ostern entdeckt hatte. Ostern wurde damals mit bunten Zuckereiern gefeiert, die so selbstverständlich und willig in den Mund glitten, als führten sie ein zweites, besseres Leben auf der Zunge, die Zuckereier wollten in glücklicher Vollendung mit dem üppig fließenden Kinderspeichel vermischt werden, ihre Farbe auf der rosa Zunge lassen. Ostern wurde gefeiert mit dem mittelgroßen mittelteuren Konditoreihasen aus mittelbrauner Schokolade, seine Residenz war das Kartonnest, wie jedes Jahr, mit grasgrünen Kunststoffstreifen vollgestopft.

Die großen weiß-schwarzen Augen des Hasen staunten jeweils so lange, bis die Ohren unter Lachen zerbissen waren. Die Tränen der Mutter würden in der Nacht beim Bügeln wieder auf die Hemdkragen fallen, weil der Vater sie angeschrien hatte, er mochte nun einmal keine religiösen Feiertage, er sprach von Heuchelei, vom hohlen Fressen und vom Saufen, von dem kalt gewordenen Braten, der dünnen Morchelsauce, von seiner Kindheit, das könne sich niemand vorstellen, von den Kindern, die alles haben und noch mehr, von der Welt, die alles versprach und nichts hielt. Und die Mutter solle nicht immer wegen des Sohns flennen. Es sei jetzt so. Niemand bringe ihn zurück, auch ihr Geheule nicht. Sein Ärger war verständlich, denn Ostern musste verdient werden, dieses Fest gab sich nicht jedem hin. Der Vater hatte Ostern nur halb verdient. So viel stand fest. Und die Mutter? Die Mutter hatte Ostern verdient, Anna wusste nicht, womit, aber sie wünschte, dass sie endlich nicht mehr weinen würde. Es nervte.

An diesem Sonntag im April würden morgens in der Früh die Kinder wieder in ihren Gummistiefeln stecken, in den Teddybär- und Prinzessinnenpyjamas, ein Körbchen in der Hand, sie würden lärmend über die Wiese vor dem Haus stürmen, den Rasen zertrampeln, der sich gegen das umliegende Braun durchgesetzt hatte. Ein paar kleine Tulpen bereiteten sich jedes Jahr aufs Blühen vor, sie waren so kostbar auf dieser alpinen Höhe, dass in ihrer Nähe nie ein Nest zu finden war. Vielmehr schien die unverwüstliche Zwergmispel ein idealer Ort für faule Erwachsene zu sein, die süßen Überraschungen zu platzieren. Längst kannten die Kinder alle Verstecke, aber sie taten für die Augen der Großen umständlich und freuten sich theatralisch über jeden Fund.

Anna würde am lautesten jubeln. Denn Anna war eine, die wusste, dass Ostern verdient sein wollte. Sie hatte letzten Sommer auf einem Waldspaziergang einen Zwerg gesehen, was wenigen Kindern vergönnt war, Erwachsenen sozusagen nie, das war Anna gleich klar, als sie das durchsichtige Wesen sah, wie es scheu an der Quelle saß und sie unverwandt anblickte. Anna hatte es an der Zipfelmütze erkannt, Ehrfurcht empfunden und leicht mit dem Kopf genickt. Der feine Zwerg hatte die Geste erwidert.

Das Kind sprach mit der Nachbarin, Frau Rauch, über die heilige Kreatur, die sie so ruhig und wohlwollend angesehen hatte. Frau Rauch hatte, obwohl sie zusammen mit Anna spazierte, nichts gesehen außer prächtigen Blumen am Wegrand und bei der Quelle, wo es besonders frisch war. Anna vertraute auf ihren eigenen Blick, denn Frau Rauch war erstens erwachsen und hatte zweitens ihrer Mutter ohne Not ein Kompliment für die hässliche Schürze gemacht, die plastifizierte, geblümte mit dem Reißverschluss, was nicht weiter schlimm war für Anna, Frau Rauch buk die beste Karamelltorte des Dorfs, was genügen musste für eine solide Sympathie. Anna wusste, dass sie sich nicht getäuscht hatte. Und sie wusste, dass der Zwerg der Gehilfe des lieben Gotts war, der den Kindern Freude schenkte und Schutz bot vor dem Hässlichen und vor dem Dummen, was heißt, vor dem Bösen.

Anna hatte deshalb den toten Spatz mit den glänzenden Augen, den der Schnee vor ein paar Wochen hinter der Garage freigegeben hatte, in Alufolie eingewickelt und in die Tiefkühltruhe im Keller gelegt, gleich neben die Raketenglaces. Die Mutter hatte der Tochter damit zu Weihnachten eine Freude bereiten wollen, aber Anna hatte sich für das Beeren-Rahm-Dessert von Tante Berta entschieden. Seither lagen die Raketenglaces da, vereist und verloren wie die Apollo 13, von der der Vater immer sprach. Niemand sah gerne hin, und niemand mochte sie wegwerfen, vielleicht wollten die Nachbarskinder ja an einem sehr heißen Sommertag eines schlecken, wenn sie wieder von morgens bis abends draußen spielen und lustig sein mussten.

Anna hat den Vogel am Morgen vorsichtig aus dem gekühlten Grab gehoben und den weißen Deckel feierlich geschlossen, der sog sich sogleich an der Dichtung fest, das Geräusch wirkte beruhigend, es beendete Annas Zeit des Hoffens und Leidens.

Was hätten ihre Eltern alles gesagt und getan, wenn sie das arme Tier in der Tiefkühltruhe gefunden und ausgepackt hätten? Seit dem Fund hatte Anna jeden Tag kontrolliert, ob alles in Ordnung war, ob das silberfarbene Bündel noch in dem Fach lag, wo sie es, ein Vaterunser murmelnd, hingebettet hatte.

Wochenlang hatte sie jeden Tag beim Aufstehen schreckliche Angst gehabt, sie litt unter Herzrasen und kaltem Schweiß, aber nach der erfolgreichen Keller-Patrouille hatte sie sich immer wunderbar gefühlt, federleicht, so leicht wie der süße Spatz sich im Flug gefühlt haben mochte, als er noch lebte. Am Karfreitag sollte er nun offiziell sterben. Der Zwerg würde das Zeichen verstehen. Anna hatte sich lange überlegt, ob sie zur Quelle wandern sollte. Aber das schien nicht der geeignete Ort, und es lag noch Schnee da oben.

Der Holunderbusch hatte ein paar Mal seltsam geglitzert, ihr im kalten Januar zugezwinkert. Als Anna einen Pfad zu ihm hin stampfte, sah sie, dass er ein Iglu abgab, die Zweige trugen den Schnee, um ihr ein warmes Haus zu bereiten. Der Holunderbusch hatte auf sie gewartet.

Oft saß sie nach der Schule dort, sie dachte über den Zwerg nach und über Gott, sichtbar nur für reine Kinderaugen, für die Augen kleiner Kinder. Wurden die Kinder größer, verloren sie die Reinheit, und die Reinheit musste durch eine Gabe wiederhergestellt werden. Diese Gabe würde den Weg vom Kind zum Zwerg finden, wenn Anna bis zum Karfreitag bei jedem Vorübergehen am Holunderbusch auf hundert zählte, sechs Vaterunser betete und kein Erwachsener kam. Das hatte sie erfolgreich getan, viele Male. Und nun war es so weit.

Es war Freitag, und die Gabe lag in ihrer Hand. Der Holunderbusch würde, falls der Zwerg das Opfer annehmen sollte, bald blühen und strahlend rote Beeren machen, mitten im orangen Mohn. Anna wusste, alles würde gut, als sie dem Spatz, der auf einem weißen Taschentuch lag, das Dornenzweiglein in den Kopf drückte, es ging mühelos. Wunderschön sah er aus. Sie genoss den feierlichen Moment und gönnte sich ein Mars, das sie langsam aufaß, das Papier strich sie glatt und legte es dem Spatz zu Füßen. Er regte sich nicht.

Da sprach Anna das Vaterunser. Sechs Mal hintereinander, aber nicht zu schnell. Sie verneigte sich vor dem

Tier und entfernte sich, die Augen immer auf den toten Spatz gerichtet. Tiere sind so rein, so unschuldig, dachte Anna, als sie in gebückter Haltung und mit dem Rücken voran auf die Wiese trat. Sie schaute zum Himmel und fühlte sich frei. Als sie die Träne von der Wange gewischt hatte, wusste sie, dass nun wirklich alles gut würde. Sie ging ins Haus, wo die Mutter am Küchentisch saß. Sie weinte nicht.

Als Anna am nächsten Tag sah, dass der Vogel nur ein paar Federn zurückgelassen hatte, aber dafür eine rote Tulpe im Dickicht stand und glänzte, dankte sie dem Zwerg mit fester Stimme. Sie verneigte sich vor dem Holunderbusch und machte sich bereit für das Osterfest.

In den kommenden Jahren dachte Anna oft an diese Tulpe im Holunderbusch, die schön und kräftig blühte, auch wenn kein Mensch sie sah. Daran wollte sich Anna immer erinnern. Sie wollte immer ein Ostermädchen bleiben. Sie zog sich nochmals, mit *Rouge Allure,* Nr. 14 *Passion,* die Lippen nach, dem Lamborghini unter den Lippenstiften. Anna betrachtete sich, lächelte und steckte den Klappspiegel in ihre Handtasche.

Die Gummistiefel

Der diensthabende Quellgeist hatte dem Rinnsal den Wasserhahn in den Bergen zugedreht, jetzt lag es da als Tümpel, schmiegte sich lang gezogen an die Böschung, die nach oben zum geteerten Parkplatz führte. Die Böschung über dem Tümpel war voller Grillen. Sie sangen verzweifelt, als wüssten sie, im Winter wird uns nicht aufgetan, wir werden erfrieren. Das war wohl in ihre Insektenkörper eingeschrieben. Sie hatten die Rechtschaffenen für einen Augenblick aus dem Takt gesungen und ihnen einen Schatten zugefügt. Niemand tut das ungestraft. Sie wussten es, weil sie sangen, und ich wusste es von Aesop, dessen Fabeln wir in der ersten Klasse hörten.

Die Grillen wussten, dass ihnen im Winter nicht aufgetan wird, aber sie konnten nicht aufhören mit ihrem Gesang, so wie ich nicht aufhören konnte, an meinen Freund zu denken.

Der Tümpel verlief parallel zu den Geleisen, jenseits des Bahnhofs und des Dorfs. Ich weiß nicht mehr, wie und wann ich ihn gefunden hatte. Ich erinnere mich nur noch an die heftige Leidenschaft, die ich für diesen Ort empfand, an dem sonst niemand sein wollte. Das machte ihn zu meinem Ort. Er galt als ungefährlich, weil alle den Tümpel vom Perron aus sehen konnten. Die abgegraste Böschung, den schmalen Korridor, das verstockte Kind erfassten sie mit ihren Blicken. Sie hatten nichts verstanden, aber sie glaubten, alles zu wissen. Alle kannten den Ort, es gab ihn überall, sie begehrten ihn nirgends, sie hatten keine Fragen.

Gleich fuhr ihr Zug.

Ich trug die grünen Gummistiefel meiner Mutter, wenn ich bei den Geleisen stand und zum Bahnhof hinüberschaute. Auf meiner Seite, auf der Seite des Tümpels, gab es keinen Perron. Darüber war ich froh. Niemand wartete auf meiner Seite, niemand stieg hier aus. Und ich wollte nirgendwohin.

Zug fuhr ich nie, keiner in der Familie fuhr Zug. In der Familie galt eine Zugfahrt als Unterwerfung. Mit meinen sieben Jahren konnte ich die Freuden des Zugfahrens, die Freuden der Unterwerfung sein mussten, nur aus den Gesichtern derer lesen, die am Bahnhof herumstanden. Sie bedienten den Automaten, der ein Mars ausspuckte und dazu ein Mineralwasser.

Ich sah, wie sich die Leute, die Zug fuhren, hinter den Fenstern der roten Waggons auf die Polster setzten, wie sie ihre Jacken aufhängten, die Rucksäcke auf die Gepäckablage hievten, wie sie Koffer schleppten oder Handtaschen hielten. Ich sah, wie sie ihre Butterbrote auspackten, wie sie in einen Apfel bissen oder Fingernägel kauten, wie sie winkten oder sich zum Fenster hinauslehnten und redeten.

Manche schauten in Bücher oder Zeitungen, andere unterhielten sich, bevor der Zug quietschend losfuhr in eine Welt, die mir nichts bedeutete. Wenn sich jemand beim Abfahren zum Tümpel wandte, drehte ich mich ab oder schaute zu Boden. Ich wollte nichts beitragen zu der Zugfahrt der anderen, ich wollte mit deren Reise nichts zu tun haben, ich wollte nicht schuld sein an ihrer Enttäuschung.

Stattdessen betrachtete ich die Frosch- und Kröteneier, den Laich und seine Veränderung. Ich betrachtete die Kaulquappen und ihre Veränderung. Ich betrachtete die toten Kaulquappen; mit orangen Pünktchen übersät und von Wasserläufern umtanzt trieben sie an der Oberfläche. Die Larven hingen an den Steinen und schwiegen, ich beschloss zu helfen. Ganze Kaulquappenhundertschaften beförderte ich nun per Wasserglas in das aufgeblasene Kinderbassin vor unserem Haus, damit sie in meiner Nähe eingehen konnten. Ich wusste nicht, womit ich sie füttern sollte.

Mein Mitleid wuchs von Tag zu Tag. Ich stand in meinen Gummistiefeln vor dem stinkenden Wasser und überlegte, was zu tun sei, ich überlegte viele Tage, bis ich die paar Überlebenden zurück in den Tümpel trug. Manche hatten bereits Beinchen, zwei sahen aus wie kleine Frösche. Aber die meisten Kaulquappen waren angefault, sie hatten zerfressene Schwänze oder es fehlte ihnen etwas, ich konnte nicht sagen, was.

Die grünen Gummistiefel meiner Mutter, in denen meine Füße schwammen, trösteten mich mit ihrem mantschenden Geräusch, das ich diesen Frühling, Sommer und Herbst täglich hörte. Sie brachten mir viele Blasen, und wenn der Parkplatz von der Hitze stank, schwitzten die Füße, aber das war mir egal. Ich wackelte durch die Gegend in dieser kleinen grünen Gummiheimat. Ich trug die Stiefel im Garten beim kleinen Todesbassin, ich trug sie beim Tümpel, ich trug sie in der Schule, wenn mich die Mädchen schlugen.

Hatte ich sie getragen, als er und ich auf der Terrasse Schwarzer Peter spielten, er mir seine Fotos zeigte, er die mit Honignüssen gefüllten Orangenhälften teilte, als er mir den Fußballer aus der Chips-Packung von Zweifel schenkte, die zweistöckige Hütte am Bach baute? Hatte ich die Gummistiefel an? Vielleicht.

Er war zehn, als er starb, ohne meinen Tümpel gesehen zu haben. Seine Mutter hatte mir erzählt, er habe die ganze Nacht aus der Nase geblutet, am nächsten Tag brachten sie ihn nach Chur ins Kantonsspital. Ich stand am Fenster zur Gasse, als die Ambulanz kam.

Nach Chur fahren sicher keine Züge, dachte ich, meine Eltern würden es mir sagen. Ich hätte mich der Zugfahrt unterworfen. Er war mein Freund.

Meinen Freund brachten sie drei Wochen später tot in einem Auto zurück.

Die Züge kamen und gingen, die Kaulquappen wurden von den orangen Punkten befallen, die Grillen sangen, die Wasserläufer tanzten, meine Gummistiefel haben alles überlebt. Sie passten auch im folgenden Jahr.

Als ich eines Tages selbst auf dem Perron stand, mein Mars aus dem Automaten zog und in den Zug stieg, hatte ich den lang gezogenen Tümpel längst vergessen. Doch als ich mein Buch aus der Tasche zog und es aufschlug, misstraute ich der Bewegung. Ich wusste nicht, weshalb.

Granada Grischun

Mein Vater konnte tanzen wie ein Gott, aber nur wenn er »Öl am Hut« hatte. Das schmierte seine Bewegung, und dann passte er plötzlich zu meiner Mutter, die nicht zur Göttin werden musste, um zu tanzen wie der Lumpen am Stecken. Es war ihr gegeben. Sie waren ein Paar wie die Faust und das Auge, und dann gute Nacht um fünf. Sie verschwanden zusammen, am späten oder frühen Abend, schlugen sich in die Büsche, krochen lange nicht mehr an Bord des allgemeinen Betriebs, waren wie aus der Flora gepflückt und vom Erdboden verschluckt. Und irgendwann kamen sie wieder auf die Welt – mit vier Kindern und einem heftigen Kater.

Unbestimmte Kopfschmerzen, sagte mein Vater dazu, das komme von den Kartoffeln. Und die Mutter drückte ihm den Staubsauger in die Hand und sagte: *Press the button* und tu, was zu tun ist! Er tat es nicht. Ich bin ein Bündner Steinbock, meine Vorfahren waren Söldner, ich bin ein Mann der Harpunen, saugen tu ich nicht. Meine Mutter schrie und tobte, dann ging sie ins Kino, sie liebte Vampirfilme, und wir Kinder aßen fünf Tafeln Milchschokolade zum Znacht.

Die Welt war rund, und rund war in Ordnung. Die

Mutter kam wieder nach Hause und verküsste den Vater, aber der hatte genug. Sie habe den Karren überladen, den Bogen überspannt. Und du hast ihn unterspannt, ich bin ein Tornado und du ein tropfender Wasserhahn, sagte die Mutter. Kein Hahn kräht danach, kannst deine Brötchen selber backen, sagte der Vater. Ich träume schon lange von Granada, ich habe noch eine Rechnung offen, und da gehe ich jetzt hin, denn ich will kein Hirsemus mehr am Morgen, kein Café complet mehr am Abend. Der Vater hatte schon den Mantel an. Dann geh doch, geh hin und scheitere stillos, sagte die Mutter und hielt ihm die Türe auf. Wir Kinder wussten, er würde wiederkommen, schon bald, aber wir ließen unsre infantilen Eltern gewähren und wendeten uns stattdessen dem Schachspiel zu und unsren metaphysischen Problemen. Warum ist der Himmel blau und so.

Der Vater stand am Bahnhof und beschloss, sofort mit dem Rauchen anzufangen. Er hatte nie geraucht, keine Drogen genommen, nie gejammert, wie er fand, und auch sonst fast nichts vom Leben gehabt. Dass er das Portemonnaie zu Hause vergessen hatte, schmerzte ihn. Hier stand er wie der Esel am Berg und träumte, was Esel so träumen. Man weiß es nicht.

Einmal war er ein Hengst gewesen. Es war in Davos. Winter, 1958. Der Vater dachte wohlwollend an sein junges Ich, ein Walsergrind und Modellathlet, rotzfrech und ohne Fremdsprachenkenntnisse, der mit den anderen Lehrlingen versuchte, tote Mäuse mit Elektroschocks wiederzubeleben, glühende Münzen auf die Straße warf, die Bremse des Velos selten betätigte, in Obstgärten flog,

mit zwei gebrochenen Beinen in der Grischa-Bar rum-
hing und Milch soff wie ein Kalb.

Irgendwann war er wieder gesund und munter wie ein
Fisch im Landwasser, ein Hecht mit Milchschnauz, der
sich gerne von Davos nach Tiefencastel treiben ließe und
dann immer weiter. Aber schwimmen konnte er nicht.
Und Tanzen war nicht seine Passion, nicht einmal seine
Stärke, sogar seine Schwäche. Er zählte die Schritte mit,
schwitzte und zerdrückte dem Anneli die Hand. Außer er
hatte Öl am Hut. Er brauchte nur ein paar Tropfen, weil
er ja sonst mit Milch lief. Man ging *zu Tanz,* und er wollte das auch.

Da saß die Schöne. Eine dunkle Olàlà mit allem Drum
und Dran. Die vielen Kummerbuben im Saal träumten
und raunten, es sei nicht nur eine Olàlà, sie sei eine von
den Olé-Olés. Ein Granatapfel, eine Flamenco-Dohle.
Sie schlug die Flügel auf, es klang mindestens wie ein
dreifaches R, ein schöner herber Engel. Sie wies jeden
kühl ab, der artig um den Walzer bat. Kein Wort Deutsch
könne die, nicht einmal Dialekt.

Mein Vater nahm Anlauf und glitt auf den Knien über
den Bretterboden, er glitt und glitt im Glanz des Muts,
um kurz vor dem spitzen spanischen Knie scharf abzu-
bremsen, wie auf der Skipiste, er reckte das Kinn und
sagte nichts. Er fasste die Fremde bei der Hand, und sie
stand auf. Die Unterkiefer der dreißig Lehrlinge und zwei
Gymnasiasten klappten nach unten mit dem typischen
Geräusch des Schocks. Totenstille.

Nun setzte die Musik wieder ein, das Trio *Handörgeli*
hatte Stielaugen, sie hatte Augen wie Kohlen und mein

Vater war Glut, er fasste sie um die Wespentaille, er dachte an den Sonnenaufgang auf dem Flüela-Pass und zog sie mit Älplerschritt in die Mitte des Tanzbodens. Nach ein paar Drehungen ging ein Ruck durch sie, als schlage ihre sanguinische Hand einen rot-schwarzen Fächer zu. Sie ließ ihn stehen und verschwand. Caramba! War sein Tanz zu schlecht gewesen? Er musste sich erklären.

Mein Vater stand am Bahnhof und hatte nicht einmal Zigaretten. Es muss ja nicht immer Granada sein. In Grenchen war er auch noch nie gewesen. Da meldete sich der kleine Durst. Vielleicht auf einen Grappa an den Stammtisch im Sporthotel? Der Fritz servierte ihm garantiert auch heute ein XL-Cordon-bleu auf Pump.

Xristina

Ich schreibe zu Hause im dritten Stock, mit Blick auf den Garten voller Mohn und Rüben, mit Blick auf den Fluss, der an manchen Tagen blau ist wie der Siphon aus dem Palace Hotel, St. Moritz, 1920, an anderen Tagen wie eine Bouillon mit gewagter Einlage, ich schreibe mit Blick auf die Berge, die rücksichtslos in den Himmel stechen. Oder kratzen sie ihn nur, weil es ihn juckt? Ich schreibe am Hafen von Genua mit einer Meeresbrise in der Nase und einer Prise Schmutz aus dem Gassenwinkel, ich schreibe im Zug, mit einem Sweet Chai in der einen Hand, während die Wiesen vorbeiziehen wie ein grünes Leben. In Zürich schreibe ich in der Küche eines alten Ehepaars, das kürzlich ausgezogen ist. An der Klingel steht nun mein Name. Ihrer ist noch da, er wird immer da sein. Sie haben dieses Haus gekauft und schön gemacht.

Ihre letzten Blicke, bevor sie die Wohnung verließen, hängen an den Wänden wie Bilder, in der Frischhaltefolie Hoffnungsreste, nicht abgelaufen, ein Ei dazu, Salz, Pfeffer, ein prächtiges Frühstück, das jeden stärkt, der von den beiden weiß, ihre Gedanken pflücke ich vom Fenster, lasse sie fliegen, hier riecht es noch nach ruhigem langem Glück. Sie konnten es miteinander. Auf dem kleinen Balkon schaukeln drei bunte Glaskugeln: Die kleinste ist rot wie die unsterbliche Liebe, die mittlere ist blau wie der unsterbliche Himmel, die große ist gelb wie der unsterbliche Mond am unsterblichen Himmel über der unsterblichen Liebe.

Vom Alter und was es vermag, will ich nichts schreiben, es tut nichts zur Sache. Ich schreibe später darüber, in einer anderen Geschichte, einer erfundenen. Was ich verspreche an der Freiestrasse 208, zweiter Stock, am Küchentisch der Leute, die kürzlich ausgezogen sind, weil sie mussten: Ich mache euch zu einem Liebespaar ohne Alter, ohne Gebrechen, zwei junge Wilde, achtzehn Jahre oder zwanzig, die abgehauen sind, durchgebrannt nach Paris, in ein billiges Hotel beim Bahnhof.

Ich schreibe zu Hause oder anderswo, ich schreibe an der Freiestrasse, obwohl alle Geschichten schon da sind, manche warten bei Xristina um die Ecke, unten, an der Forchstrasse 166 und 173. Ich bin in zwei Minuten da, und ich bin oft da. Die Forchstrasse gehört weder zu Zürich noch zur Schweiz, nicht zu Griechenland oder zu unserem Sonnensystem, die Forchstrasse ist auch kein Niemandsland, es ist einfach die Forchstrasse, ich könnte nicht einmal sagen: Sie gehört nur sich selbst oder sie ist ganz Schiene, Straße, Häuser oder Leute. Sie ist ein Gesetzesentwurf, der überall gelten könnte, und das macht sie zu einem schwerelosen Experiment der Freiheit außerhalb der bisher bekannten Raster.

Die unbestrittene Königin und Leiterin des Labors an der Forchstrasse, des Epizentrums dieses Versuchs, heißt Xristina. Jeder kennt sie. Wer sie nicht kennt, ist selber schuld, er hat sie nicht verdient und sollte aus dem Experiment entfernt und im festen Raster fixiert werden.

Ich sehe, Xristina fischt gerade den Roman, den ich schreiben will, aus ihrem karierten Hemd, es ist aus aufgerautem Stoff und hat lange Ärmel, die auch im Hochsommer nicht hochgekrempelt werden, ihr Gesicht ist unbewegt, sie stopft den Text wieder in die kleine Brusttasche, wo immer Bargeld und allerlei Zettel stecken, auf einem Zettel steht mein Roman, Satz für Satz, fixfertig, aber ich habe nicht den Mut, ihn einfach aus der Brusttasche zu ziehen, ich müsste ihn ja zuerst finden, sie hätte nichts dagegen, aber sie will nicht darum gebeten werden, das ist klar, in ihrer Brusttasche steckt auch das neue Autobahnkonzept für die Schweiz, auf dem braunen Block notiert, selbstverständlich auch die Alternative zu einer dritten Gotthardröhre, ein unleserliches Zertifikat sowie die Auszeichnung für die kürzlich bestandene Jagd- und Helikopterprüfung sind dabei, Zückerli für alle, die ein Zückerli zu schätzen wissen, Assugrin für die Diabetiker, die keine Diabetes verdienen; für jeden, der sich zu ihr setzt, gibt es, beispielsweise, Freikarten fürs Ballett, der ehemalige Ballettmeister ist ja oft da, plaudert über Aufführung und Politik oder irgendeine Geschichte, Xristina hat jede Menge Autoren zur Auswahl, der Zugang zu Literatur steht ihr in alle Richtungen offen.

Xristina hat viel Papier in ihrer Brusttasche, es ist für jeden etwas dabei, und für sich selbst das Ihre, sie hat Sprache, sie hat Stimme, sie hat diesen Blick, sie hat diesen Mut aus einer anderen Zeit, sie ist das wehrhafteste

Weib von allen, die Primadonna assoluta der Wehrhaften, sie ist eine Überlebende, sie lacht für ihr Leben gern, das Lachen rauscht die Forchstrasse hoch und runter, tänzelt auf den Schienen, hält sich manchmal an die Route, selten, Xristina zeigt den Unbeleckten und Verschonten, die Augen haben, wie das geht auf dieser himmeltraurigen Welt, wie man das macht, mit Wollen und Können macht man es, sie kann was.

Einmal hatte Xristina versucht, die Lieblingskatze des Vaters zu ersäufen, sie war rasend eifersüchtig auf die Katze, weil die Mäuse fing und für den Vater unverzichtbar war, Xristina versuchte, sie zu harpunieren, dann im Brunnen zu ersäufen, als das schiefleif, ging sie von zu Hause weg, handelte in Griechenland mit Baumaschinen, bis ihr Cousin sie reinlegte, sie versteht jede Menge von Pelzen, sie kümmerte sich in Italien um alle Pelzmäntel zwischen Chiavenna und Palermo, sie passte sie an, flickte sie, organisierte den Handel mit Nerz, Ratte, Waschbär, Fuchs und Schaf, sie sorgte nebenbei dafür, dass der italienische Staat nicht vor der Zeit zusammenbrach, dann kam sie in die Schweiz, sie schlief im Auto, weil sie testen wollte, ob das geht. Sie schlief nachmittags von drei bis fünf und am Morgen. Es ging, und nun versteht sie jede Menge von Antiquitäten, von Möbeln, Murano, Schmuck, Spielzeug, Menschen, keine Ahnung, ob das im Schlaf zwischen drei und fünf gekommen ist, lernen kann man nicht alles, was sie kann.

Wahrscheinlich betreibt ihr zweites Ich, das nicht immer zu Hause ist, das gerne vagabundiert, noch einige Fabriken und Reedereien. In der Freizeit fährt dieses Ich zur See, es entdeckt in dieser Minute gerade ein paar neue Insektenarten, unter anderem den silbernen Xristinafalter mit den blauen Fühlern und eine kleine behaarte Spinne, die noch kein Auge erblickt hat, sie nennt die Spinne Dragan, denn die Spinne wirkt gefährlich und erinnert sie an einen Chauffeur, der nach Dübendorf fährt, wenn man ihn dafür bezahlt, und für ein Trinkgeld gleich noch den Nachbarn umbringt.

Xristinas Alter ist so unbekannt wie unbestimmt, sie hat gewaltig viele Haare auf dem Kopf, ein paar dicke, weiße am Kinn, sie reißt sie wahrscheinlich mit der großen Beißzange aus, dann lacht sie, das Lachen tänzelt auf den Schienen, manches Lachen hören auch die Neuseeländer, sie wissen nicht, was es ist, seit Jahr und Tag ist das so, aber sie trauen sich nicht, darüber zu reden.

Zu den Haaren passt Xristinas Gesicht, das Gesicht eines Professors mit Wimpern eines Topmodels, das heißt mit Wimpern, die kein Topmodel dieser Erde hat, alle Topmodels wollen diese Wimpern, und alle Fans der Topmodels auch, die sie mit Mascara und Wimpernzängchen simulieren, Xristina könnte ihnen zu solchen Wimpern verhelfen, aber die Topmodelszene interessiert sie zu wenig, sie winkt ab.

Xristina sitzt seitlich auf einer Betonbank, sie sitzt auf einem Hocker vor dem einen Laden an der Forchstrasse 166, sie hat ja zwei, jetzt sitzt sie vor dem kleineren, wo es schattig ist um drei, dann wechselt sie auf einen Gartenstuhl, um vier auf den Designersessel, sie sitzt da in ihrer Männerjeans. Sie thront. Wenn sie aufsteht, holt sie Wein für Freunde, sie tritt auf ihre Brille, sie repariert sie wieder, und dann vervollständigt sie einen Leuchter, sie bringt Dinge zum Funktionieren, Xristina flickt alles. Nur eine Frage der Zeit, bis sie zum Turm von Pisa gerufen wird oder die Porzellanmalerinnen in der Nähe fragen, ob sie nicht die Patzer beim Röschen und den Sprung in der Tasse ausbessern könne.

Braucht ein Mann in Schwamendingen Leim oder Klebeband, kommt er zu Xristina, er hält mit laufendem Motor auf dem Trottoir, und Xristina weiß schon Bescheid. Der Schwamendinger fuchtelt und redet, während Rocco mit den schlechten Zähnen sagt, Aha, da kommt ja Xristinas Liebling angerannt, ein kleiner Bub aus Eritrea.

Alle Kinder lieben Xristina, sie wissen, wer sie ist, bevor sie ein Wort gesprochen hat, nun muss es schnell gehen, Leim und Klebeband fliegen schon durch die Luft, der Typ aus Schwamendingen fängt es auf, nickt, dankt, verspricht, frischen Fisch zu bringen, direkt aus dem Zürichsee, Xristina zieht derweil blitzschnell die Gummibärli für den Jungen hinter dem Salat hervor, den sie für den Abend gekauft hat, sie drückt und küsst den Kleinen, stopft Gummitiere in seinen Mund, dass er kichern muss, Xristina nickt dem Leim- und Klebebandnehmer aus Schwamendingen zu, als ein anderer Typ ihr goldene Schallplatten, Autografen, Statuen, Kassettengeräte und 1000 Batterien zum Spezialpreis verkaufen will, sie erzählt, wen sie brennen sehen will, sie hat diesen heißen Hass mit einem Schuss Zitronensaft und frischen Kräutern, sie sehe den Feind brennen, sagt sie, sie würde gerne Gitarre dazu spielen, hahaha, und ihr Kühlschrank platze vor Fleisch, ich bin sicher, sie hätte auch mit einem Gourmetschuppen Erfolg, denn kochen kann die, da lege ich meine Hand in den Backofen, wo schon der kleine Bub aus Eritrea, den sie bestimmt eines Tages vor Liebe frisst, gebacken wird, denn Xristina ruft immer, ich backe dich, du knuspriger Zwerg, mit Konfitürenfüllung schlinge ich dich hinunter. Mon Dieu, ist der süß, finde ich auch, der dünnarmige Zuckermensch zappelt, Xristina verküsst ihn, während die zierliche Mutter danebensteht und lächelt, ihre Ohrringe zittern, dann sagt sie leise, komm, wir gehen.

Xristina winkt, und schon steht ihr einarmiger Künstlerfreund mit Regenbogenkappe und passendem Schal da, der sagt, alles habe vor 4000 Jahren den falschen Lauf genommen, und er bringt zwei riesige Gipsmasken, eine hat Xristinas Ferienkind gemacht, das Ferienkind, ein muskulöser Junge von siebzehn Jahren, tritt aus dem Laden und betrachtet die Masken. Erst mit der Zeit erkennt es seine. Der Künstler ist glücklich. Xristina schickt ihr Ferienkind in den zweiten Laden schräg vis-à-vis. Bald kommt es zurück mit dem besten Kaffee der Stadt, und Xristina trinkt.

Ich brauche Stühle für den Balkon, ich brauche einen kleinen Leuchter für die Toilette. Sie hat beides. Den Leuchter aus dem französischen Schloss hat sie nicht gerne verkauft, damals, vor vielen Jahren, sie zögerte, als ich danach fragte, als ich darauf zeigte, sie zögerte bei der Übergabe, sie musste lange über den Preis nachdenken, denn in ihrem Herzen brennt der Zwillingsleuchter von der Loire, die facettierten Glasstücke sind aus dem Wallis, feinster Bergkristall, die Götter des Olymp haben vom eingesogenen Opferrauch etwas hineingeblasen, dass das Licht nicht kitschig wird, sondern im Glanz gedämpft, als ob es um die Wahrheit der Welt wüsste. Dieser kostbarste aller Leuchter erhellt das Herz von Xristina. Daneben ist ein Hase aus Silber. Wenn Xristina vorbeigeht, hören die Kinder ein feines Klingeln, im Hasen ist ein kleiner schneeweißer Zahn, es ist ein Milchzahn, der an das Silber schlägt, eine Schaufel. Wem sie wohl gehört haben mag?

Ich schaue nach oben, denke an die blaue Glaskugel gleich um die Ecke, heute ist es nicht himmeltraurig auf dieser Welt, das heißt, es ist himmeltraurig, aber ich will nichts davon wissen. Ich denke an die rote und an die gelbe Glaskugel auf dem Balkon. Xristina drückt mir eine kleine Flasche Mineralwasser Fonte Linda aus Brescia in die Hand. Ich trinke Wasser, und plötzlich ist da der Mut, Xristina zu fragen, ob sie mir meinen Roman schenken, ob sie ihn aus der Brusttasche ziehen und mir geben könnte. Ich hätte jetzt den Mut. Aber ich frage nicht. Sie wird ihn mir sowieso schenken.

Der Kanister

Bruna saß in ihrem metallic grauen *Suzuki Ignis Cool,*
Jahrgang 2003, kein Wunder hatte da der Irakkrieg begonnen, mit Klimaanlage, es gab auch solche ohne, aber
die Mutter hatte gesagt, das lasse ich mir nicht nehmen,
die Klimaanlage gehört dazu, obwohl das Ganze dann
noch mehr kostet. Beifahrerairbag, elektronische Fens-
terheber (vorne), Wegfahrsperre, Zentralverriegelung,
ein Allrad mit moderatem Verbrauch, 61 kW, was 83 PS
entspricht, im Moment alles theoretisch, nichts lief, das
pisste Bruna maximal an, ausgerechnet hier musste die
Karre stehen bleiben, das Benzin war ausgegangen, in der
Einöde, auf dem Pass, im Spätherbst, mitten im Alpenkli-
schee, das darf doch nicht wahr sein, immerhin war sie
dem Wind nicht ausgesetzt, noch nicht, vielleicht kam
jemand, nahm sie mit, vielleicht nicht, das wäre schlecht,
sie sah auf ihre Stöckelschuhe, der rechte Fuß spielte mit
dem Gaspedal.

Der Garagist kniff ihr mit schwarzen Fingern in die Backe, als sie vor ein paar Monaten die Karre unübersehbar
auf dem Parkplatz vor der Post abgestellt hatte und zu
Fuß bei ihm ankam, morgens um zehn, einem geschenk-

ten Gaul schaut man nicht ins Maul, aber den Hafer nicht vergessen, Fräulein, hatte er gesagt und damit nochmals betont, wie gut er wisse, dass das Auto ein Geschenk ihrer Mutter gewesen war, dass Bruna sich nie und nimmer einen *fahrbaren Untersatz,* wie die Mutter Autos nannte, hätte leisten können, als Abbrecherin von allem, was man öffentlich und privat abbrechen konnte, und dass er und alle, auch die, die nichts von Brunas Versagen wussten, das Recht hatten, sie mit schwarzen und anderen Fingern in die Backe zu kneifen und Daumen und Zeigefinger noch eine Weile hin- und herzubewegen, jetzt tu nicht so, Fräulein, tu nicht eingebildet, nur weil wir jung sind und einen kleinen Arsch haben, gell, sehe ich da etwa traurige Kirschenaugen, aber nein, ist das herzig, der Garagist kannte die Mutter gut, zusammen hatten sie den kiwigrünen Fiat 124 aus den Siebzigern verhindert, dunkelbraune, kaum gefederte Jersey-Sitze, einfach nur cool, Bruna hatte sich hinter dem Steuer sitzen sehen, ihr Freund hätte das Geld vorgeschossen, 2200 Franken.

Den hatte sie gemocht, nicht wegen der 2200 Stutz, sie hatte ihn sehr gemocht, und das erfüllte sie mit Scham, sie empfand Gefühl als Niederlage, als Entblößung vor dem Feind, als Entblößung vor sich selbst, sie hatte gewusst, er würde gehen, komm in die Herzsprechstunde, ein letztes Mal, hatte sie geschrieben, ich will deine Ärztin sein, Herzbube, ich schau mir an, was mit dir ist, kannst du sagen, was mit dir ist, ich kann nicht sagen, was mit mir ist, zeig her, was du hast, streck die Zunge raus, sprich den Vokal, sprich ihn laut, ich öffne meinen Mund, streck sie raus, die Zunge, etwas Bitteres vorne, süßlich am Grund, sie schmeckt nach Milchschaum, gib mir deine Hand, ich möchte den Puls fühlen, den dreifachen Puls, den Puls der Lunge: gut; den Puls des Auges: gut; den Puls des Herzens: Er steht noch aus, Herzbube, komm, lass öffnen die Brust, raus mit dem Zeug, heute ist die Herzsprechstunde, ich greife in deine Brust, dein Herz krallt sich fest im hinteren Bereich, lass dich gehen, Herz, ich halte dich so warm ich kann, versprochen, hab keine Angst, lass los, ich rieche an deinem Herzen, es riecht nach Hefekuchen mit Rosinen, ich lecke an deinem Herzen, es ist fast kein Blut daran, ich kneife es, ich picke ein Stück Fleisch heraus, rosinengroß, ich klebe einen Kaugummi ins Loch, dein Herz erzittert, erwacht, bläst den Kaugummi auf, lacht, du gehst, ich bleibe.

Wenn du mit einem Fiat einen Unfall baust, liebe Tochter, bist du platt, ich stelle mir auch vor, dass da einmal mein Enkel mitfährt, der Garagist nickte, Bruna nickte auch, na klar, wenn sie einen Unfall hätte als liebe Tochter, könnte sie nicht mehr am Varieté der Mutter teilnehmen, auf den vorderen Plätzen, erste Reihe, außen, da, wo man fast senkrecht zur Bühne raufschauen muss, wie die, die mit dem Lehrlingslohn ins Kino gehen, da, wo man nur die Schuhspitzen der Diva sieht, wie früher, als man am Boden den Legosteinen nachkroch und plötzlich an den blanken Stöckelschuhen hing, konische Absätze neben der Patschhand, Lederschweiß und Schuhwichse drangen in die Nase, das Händchen baute weiter am bunten Schloss, an Garten und Brunnen, auf dem senfgelben Spannteppich im Gang, unbevölkerte Gemächer, die Männchen gehörten dem Sohn und Bruder, abends musste das Zeug weg, der Papa kommt, räum es in die Ecke, der Sohn und Bruder nickte, ein ganz Armer, sensibel und Asthma, er hätte täglich beim Hoppe-Hoppe-Reiter auf Mamas Schoß vor Freude den letzten Atem verhauchen können, mit seinen Männchen in den Fäusten, arme Mutter, hoffentlich zieht dein Schatz nie zu Hause aus und telefoniert dann nur am ersten Montag im Monat, genervt, kurz angebunden, im Pflichtton, der keinen Satz gerade lässt.

Ruhe jetzt, hier saß sie, hier stand sie, auf der Passebene, ein Paradox, ausgerechnet, als Kind hätte sie gesagt, *ausgerechnet Banane* oder *Düdado Postauto, fährt im Dreck ohne Speck,* sie fuhr gar nicht, unter dem Hospiz, dort, wo manchmal im Sommer parallel zur Straße Kühe rannten, diese traditionellen, Grauvieh heißen die, und die Simmentaler Flecken, auch die stämmigen Black Angus, kunterbunt, groß und klein, solche mit Hörnern, zum Glück gibt es wieder solche mit Hörnern, man kann jetzt etwas einzahlen, den Hörner-Franken, Herr Capaul wirbt dafür mit Bart und Gummistiefeln, Bruna hat ihn im Fernsehen gesehen, den Alpöhi, voll sympathisch, der Typ, die kommunizierten doch mit den Hörnern, die Kühe, eine Sauerei, dieses Abbrennen, dieses Absägen, die rannten da alle nacheinander, wie am Schnürchen, in Reih und Glied, etwas zwischen militärisch geordnetem Alpabzug und dynamischem Familienausflug, ausgelassene Kinder mit ihren Müttern, von denen sie die Gangart geerbt hatten, aber vielleicht war es auch Flucht vor dem Feind im metallic grauen Suzuki oder einfach Training, und warum sieht man Kühe sonst eigentlich nicht rennen, so eine rennende Kuh, das sollte doch ein Pflichtbild sein in jedem Kinderkopf, war es aber nicht, flatternde Hennen, Schweine, die sich im Morast wälzen, das ja, aber rennende Kühe, nie, denn Kühe weiden, die glotzen, die stehen still für den Metzger.

Bruna war eingenickt, die Kühe rannten, sie schrak benommen auf, es schien, als hätte eben ihr Bruder vor dem Auto gestanden, einen toten Vogel in der Faust, wie ein kleiner Parzival, an dessen Hintern noch eine Windel baumelte, so stand er auf der Passebene, aufgetaucht aus dem Nichts, die Mutter konnte nicht weit sein, Bruna wünschte sich ein riesiges Vakuum da draußen, sie würde es kommandieren, bis die asphaltierte Straße, die durch Kuhweiden führte, vorbei an Geröll und Findlingen, über ihre Ränder wuchs, so lange, bis der Sohn und Bruder leblos und nackt auf Mutters Schoß liegen blieb, gleich vor der Stoßstange, die Mutter würde nach kurzer Ohnmacht zu Bruna sagen, die ausgestiegen war, alles halb so schlimm, mein Mädchen, ich habe ja noch dich, aber zieh dich anständig an, Bruna würde den obersten Knopf der Bluse zuknöpfen, bereit, die Mutter nach Hause zu fahren, sie verdankte ihr schließlich das Leben und den Allrad mit Klimaanlage, 83 PS, ein fahrbarer Untersatz für meine Tochter, Freiheit auf vier Rädern, jetzt bist du unabhängig, hatte die Mutter gesagt und dem Garagisten zugenickt, ja, mein Fräulein, sagte er, aber den Hafer nicht vergessen.

Weiter oben hinter der großen Kurve war der Gasthof, geführt vom geilsten Bock des Dorfs, der hatte die Beiz übernommen, um dort ungestört seine Alte zu betrügen, kein Wunder, grüßte die nicht mehr, die Haare gefärbt, machte jetzt auf jung, eins seiner Weiber war die Nachbarin gewesen, die sich heulend an die Hebamme gewandt hatte, die man nutzt als dörfliche Alternative zu den versauten Medien in der Hauptstadt, sie bringt alles unter die Leute, direkt und sauber, die kann einfach nichts für sich behalten und bleibt dabei unschuldig, man muss sie mögen, manchmal vergisst sie, mit wem sie spricht, und erzählt den Leuten den neusten Klatsch über sie selber, die Leute staunen, ihre Geständnisse klingen nun viel besser, hier ein wenig gestrafft und dramatisiert, dort eine Pause, wie Kunst, in einer Minute ist das schmutzige Geheimnis durch, jetzt kommt die Müller dran, sie erzählt alles im gleichen Ton, dazwischen zuckt sie mit den Schultern, fragt, noch ein Kaffeechen, ihre Kaffeechen sind die besten, mit Vollmilch, die sich wolkenhaft auftürmt in der hohen Tasse, sie lockt schaumig ins nächste Bad mit der Tratscherin, lenkt gleichzeitig ab, die Zuhörerin vergisst, Kaffeechen schlürfend, dass es nicht nur den anderen, sondern auch ihr gleich wieder an den Kragen geht, Gerechtigkeit, denkt sie, nichts geht über Gerechtigkeit, Bruna schöpfte Kraft für die nächste Runde, aber es half alles nichts, Schneegestöber hatte eingesetzt, auf der Passebene kein Empfang weit und breit, weder Telefon noch Radio, auf der anderen Seite, im Norden, hinter dem *Palpuogna-See* würde es wieder klappen.

Giains a palpuogner, gehen wir palpuognieren, hatte der alte Fettsack aus La Punt gefragt, als er sie anmachte, das Wort *puogn* heißt zu Deutsch Faust, einfach zur Information, früher hatte sie den See gar nicht wahrgenommen, *Lej da Palpuogna,* Palpuogna, das klang wie eine Beerensorte in ihrem Ohr, würzige Beeren, Bergobst, woher kam eigentlich diese Smaragdfarbe des Wassers, hätte es nicht rötlich sein müssen oder violett, hatte da einer Farbe in den See geschüttet, Spinatsaft, wie Marion und sie ihn mitten in der Nacht zentrifugiert hatten, um das Zweiglein der Friedenstaube, die sie zur alpinen Weltmeisterschaft 2003 bei Champfèr gestampft hatten, noch einzufärben, ökologisch korrekt; super, dass die Kamera in den Wettkampfpausen daraufgefahren war, ihr Werk als Standbild, *Peace,* das Statement gegen den Einmarsch der Amerikaner, lasst Bagdad in Ruhe, den Hof des Kalifen Harun al-Raschid, sie war als Kind oft dort gewesen, in 1001 Nächten, ihre Mutter hatte auch mitgeholfen, auf Langlaufkis, erstaunlich, das hätte sie ihr nicht zugetraut, dass die da auf dem See rumturnt, außer Atem sang sie, heute ist Backtag, morgen ist Brautag, übermorgen ist kein Tag, die Mutter hatte ihr als Kind so viele Märchen erzählt, als Bruna die Mutter gefragt hatte, wer der schönste Mensch sei, den sie je gesehen habe, sagte die Mutter, ein kleines Mädchen – ich war selbst ein Kind –, es saß hinten auf dem Planwagen, kam mit den ungekämmten Nomaden durch mein Heimatdorf gefahren, ihre Mutter erinnerte sich an die blitzenden schwarzen Augen, wie Sterne, sagte die Mutter, Bruna hatte schwarze Augen, und sie bildete sich ein, die Mutter meinte sie, sie kann nicht dich meinen, Bruna, denn du ziehst an ihr vorüber, täglich, zu Fuß, ich war nie im Heimatdorf deiner Mutter, sagte das Kind auf dem Planwagen in Brunas Traum.

Der Palpuogna-See, vielen galt er als Kraftort, das stand in einem Buch, esoterischer Plunder, hier war die grüne Fee geboren, um mit ihrem Absinth-Gesöff diejenigen mit Blindheit zu strafen, die hofften, der Fee unter den Rock zu greifen, so war das, fast wie die Nixe aus dem Marmorera-See auf der anderen Seite, die tanzend die Fischer vor lauter Liebe zu sich riss und in ihren Netzen auf den Grund zog, weil das Dorf geflutet worden war, ohne dass die Frauen Stimmrecht hatten, jeder Landschaft ihre eigene Mörderin, schön muss sie sein und jung, zornig, bald tot oder nie, ihre Mutter war schön gewesen, ihr helles Gesicht hatte über Lederschweiß und Schuhwichse gethront, ihre Augen waren hellbraun, gab es Töchter, die sich dem enttäuschten Blick der Mutter stellten, gab es eine einzige Tochter auf der Welt, die das tat, nein, es gab keine.

Bruna drehte an ihrem Ring, der Alte aus La Punt hatte gesagt, der Smaragd stamme aus Indien und habe einer Tempeltänzerin gehört, man weiß ja, was in den Tempeln so abging, es war wohl der Ring einer ziemlich erfolgreichen Hure gewesen, der Smaragd war groß und sehr grün, die goldene Fassung in 24 Karat weich und mit rubinrotem Emailgeschlängel eingefasst, eine Legierung, sie glänzte auf der Ringschiene, links und rechts des Steins kleine Blätter, rot und grün, Bruna trug den Ring am Mittelfinger, früher hatte sie ihre Nägel blutig gekaut, jetzt strich sie dauernd mit dem Daumen an der Innenseite des Mittelfingers entlang, die Fläche war rau und schmerzte, aber sie konnte nicht aufhören, sie dachte an ihre Mutter, wie die beim Rauchen auf dem Balkon mit dem Zeigefinger über den Daumennagel fuhr. Wenn die Mutter den Zeigefinger einzog, war die Zigarette fertig, die Zeit abgelaufen, was nicht unter Dach war, musste warten bis zum nächsten Signal, Bruna konnte ihre Frage nie stellen, und nun tat sie auch etwas mit dem Finger, aber hinten, sah ja niemand.

Jetzt war der See wie Asphalt, als hätte ihm jemand die Farbe ausgeknipst, sie schraubte am Blaupunkt-Radio herum, aber es passierte nichts, welche Hintergrundmusik hätte sie gewählt, um jetzt ohne Essen, nur mit einer Flasche Cola Zero, alleine in der Kälte abzukratzen, Rock, oder doch lieber das forcierte Gehauche auf dem Kultursender. Sollte sie selber singen, ein Liedchen von Webern, von den Schiffchen, bis ihr Gesang kleinkrächzend versiegte, sie lachte, und ihr Lachen war ein Unheil, denn sie erblickte ihre Mutter auf dem Rücksitz, die Mutter saß breitbeinig da und packte ihr Sandwich aus, das Metzgerpapier raschelte und raschelte, wie groß musste dieses Käsebrot sein? Die Mutter war hier.

- Bist du hier, um zu reden? Kann ich meine Frage stellen?
   - Reden? Was soll ich mit dir reden?

Die Mutter liebte Metzgerpapier, hautfarben, innen glänzend, vor allem für fettige Käsebrote, sie strich immer zu viel Butter aufs Brot, der Käse lag in der Butter wie in einer Federdecke, die nachgab, die Mutter biss zu und schrie aua!, oh Gott!, ja, Mutter, das Nussbrot, das du immer haben musst, das Nussbrot hat Nüsse drin, der Mutter waren bereits zwei Zähne abgebrochen, dann musst du halt ein wenig vorsichtiger essen, es kann immer Schale drin sein, die Mutter murmelte etwas, das wie »verschissen« klang, sie würde morgen wieder ihr verdammtes Käsebrot auspacken, und ewig frisst die Käsebrot.

Bruna überlegte, wie sie die Mutter umbringen könnte, viel Gerät war da nicht, eine Parkscheibe aus Karton, nutzlos, der Plastikordner mit dem Fahrausweis, ein Regenschirm, billig, rot, immerhin stand darauf *Mobility Car Sharing,* im Stauraum ein Erste-Hilfe-Koffer, da war wahrscheinlich eine Schere drin, aber viel zu klein, das reichte nie, Verbandszeug reißt, Autoschlüssel, die Bravo-Hits-Doppel-CD, die konnte Bruna nicht mehr hören, eine orange Weste, falls in Italien etwas passiert, sie sah die Mutter auf der Toilette des *Autogrill* in Parma vor sich, tot, mit einer Sicherheitsweste bekleidet, in der Handtasche Zitronenmelissen-Bonbons, das Portemonnaie, Taschentücher mit Mentholgeruch, fertig, sie könnte die Mutter erwürgen, aber die würde sich wehren, war ziemlich stark wegen der Gartenarbeit, und Bruna hatte das *Powerplate*-Training abgebrochen, jetzt bereute sie es, sie war saftlos und viel zu leicht, die Mutter war schwerer, auch weil die Mutter den Chips nicht widerstehen konnte, Bruna schon, außer den *Salt and Vinegar* von *Walker,* aber die verbot sie sich, sie könnte die Mutter mit einem Faustschlag benommen machen, aber ein Faustschlag ins Gesicht brauchte Mut oder Brutalität, Bruna war weder mutig noch brutal, sie wollte die Mutter einfach nur umbringen, so selbstverständlich wie beim *Tatort* am Sonntagabend sollte das laufen, Bruna dachte an Hauptkommissar Faber aus Dortmund, den mochte sie.

Ihr Mund war trocken, sie schraubte die Cola Zero auf und trank sie leer, sie hatte Lust, die Flasche aus dem Fenster zu schmeißen, wäre ein cooles Bild, Cola-Flasche im Bergsee, aber es hatte keinen Sinn, die Flasche in den See zu schmeißen, wenn das kein Foto abwarf, Selfie mit Flasche, sie schaute in den Rückspiegel, ihre Augen waren schwarz umrandet, es hätten *Smokey-Eyes* werden sollen, aber so simpel, wie die walisische Unterschichtsgeisha auf *YouTube* ihr weismachen wollte, war diese Schminktechnik nicht, auf dem Mund Dior 999, tomatig, ihr stand das nicht, mehr Blauanteil, sie brauchte kalte Farben, um zu wirken, warum konnte sie sich das nicht merken, sie hätte eh einen transparenten Gloss nehmen sollen, die Oberlippe war dünner als früher, aber nein, kein Gloss, der füllte zu wenig auf, auch mit Konturenstift sah die Oberlippe mickrig aus.

Rückspieglein, sag mir, bin ich schöner als sie, das Spieglein sagte, ja, du bist dreißig Jahre jünger und viel schöner als sie, du trägst Jeans von 7 For All Mankind, du trinkst Cola Zero, du kannst Kinder bekommen, vielleicht war sie in deinem Alter schöner als du, aber jetzt ist heute, und heute bist du jünger und schöner, es ist völlig egal, ob sie einmal schöner war als du, nichts ist egal, sagte Bruna zum Rückspiegel, sie schwitzte, wenn sie nicht weiterfahren konnte, war alles umsonst, sie drehte den Zündschlüssel, aber es passierte nichts, sie hatte kein Benzin, sie stand hier, mitten im Spätherbst.

Als Kind hatte sie viel gezeichnet, sie hätte jetzt Lust gehabt zu zeichnen, aber es war kein Papier da, kein Bleistift, als Kind hatte sie wie besessen Strichmännchen auf Zettel gezeichnet und die Zettel in leere Zündholzschachteln gesteckt, darüber jeden Abend und jeden Morgen gebetet, bitte Gott, lass meine Wünsche wahr werden, du kennst doch den Zorn, halb totgeschlagen, verdreht, erhängt, geköpft, zersägt, verbrannt wollte sie die Feinde wissen, bitte, Gott, lass es geschehen, sie sah sich auf der Asche der Feinde herumstampfen wie auf einem alten Trampolin, schlecht gefederte Versprechungen, von wegen du kannst mir alles sagen und ich bin für dich da, Walzer tanzen würde sie auf denen, eins, zwei, drei, jetzt kam ihr eigener Rhythmus in die Sache, sie hatte in ihren Tagträumen mit den Feinden gesprochen, sie sagte ihnen, wie ihre heilen Knochen krachen, ihre Gelenke knacken würden, wie sie stöhnten und flehten, wie eine Bitte zu einem neuen Stoß führen würde, abrupt, als schöpferische Eruption, untermalt mit einem frischen Lied aus der Schule, ciao ciao, du fliegst jetzt über die Treppe, ich fasse dich am Arm, schleife dich den Abhang des Spielplatzes runter, bist kein bisschen tot, wir spielen noch zusammen, bis die Glocke läutet, dann muss ich weg, ich sitze pünktlich in der dritten Reihe am Fenster, zünde dich später an, deine Augen packe ich in den Schulsack.

Zu Papier und Bleistift greifen, während die Feinde noch etwas sahen und verstanden, ein Momentchen noch, ich brauche eine Skizze des Ablaufs, nicht davonrennen, und dann skizzierte und schraffierte sie so laut wie möglich, ab und zu rieb der Radiergummi über das Blatt, länger als nötig, redet verständlich, liebe Leute, sonst kann ich euch nicht ernst nehmen, keinen Ablauf, würden die betteln, bloß keinen Ablauf, nur Gefühl, schnell und heiß, reines Gefühl wollt ihr, ja, ihr gottverdammten Sauhunde, und du da hinten auf dem Rücksitz, schmatz nicht so laut, Klappe halten, schau zur Krete, da rennen im Sommer die Kühe, wie in einem Dokumentarfilm, kleine und große, verschiedene Rassen, in jedem Kinderkopf sollte das gespeichert sein, und hör jetzt auf mit diesem Geschwätz über das Enkelkind, das du willst und nicht hast, ich bin keine Produzentin, ich habe nicht das richtige Herz dazu, ich warte noch auf den Engel, der meine Brust auftut, das Böse herausnimmt, eine Kruste, groß wie ein Zwanzigrappenstück, eingetrocknet, dunkel, ein platter Popel, der Engel legt das Böse in die goldene Schale, beträufelt es mit Cola Zero, sagt, friss es, schluck es mit Cola Zero runter, und ich tu es nicht, ich bewahre das Böse auf in deiner muschelförmigen Pillenbox, die klickt so hell, Sterling Silver, in der obersten Schublade deines Nachttischs steht sie, eines Tages wirst du den Herzpopel herausnehmen und zu dem Kind, das nicht dein Enkel ist, sagen, schau, diese Frau war schlecht, keinen Franken wert, sie hieß Bruna und kam nicht einmal über den Pass.

Im Handschuhfach war noch das Parfum, *Rose* von Paul Smith, gegen die schlechten Gerüche im Auto, eindeutig, künstlich, der totale Duft, der Faschoduft, damit könnte Bruna die Mutter kurz außer Gefecht setzen, vielleicht nicht, auch der Tiegel mit der metallic grauen Lackfarbe, die man über die Suzuki-Beulen streichen konnte, half nicht weiter, das Inventar war aufgenommen, unbrauchbar, die Mutter hatte inzwischen ihr Käsesandwich aufgegessen, putzte sich die Hände am Sitz ab und zog lächelnd einen kleinen Kanister hervor, sie klopfte darauf wie früher ans Glas, wenn sie eine Rede hielt vor der Großfamilie, Bruna sah den Kanister im Rückspiegel und regte sich nicht, die Mutter klopfte heftiger darauf, Bruna drehte sich um.

Die Mutter sagte, Augen zu, Hand auf, Bruna hielt die Hand hin, die Mutter legte etwas darauf, Augen auf, eine Schachtel Streichhölzer, die Mutter schob den Kanister zwischen die beiden Sitze, er stand jetzt auf der Handbremse, die Mutter sagte, die Handbremse ist nicht angezogen, dabei bist du doch der Typ, der mit angezogener Handbremse durchs Leben geht, nicht wie ich, ich bin ein ganz anderer Typ, Bruna zog den Kanister auf den Schoß, er saß jetzt da und roch ein wenig, füll ein, worauf wartest du, sagte sie und putzte mit der Zunge die Zähne.

Der Schäferhund

Er hieß Rolf und war ein kräftiger Deutscher Schäferhund. Morgens um halb sieben saß er hechelnd vor dem
Servicewagen meines Vaters, ein roter Opel Kombi mit
der Aufschrift »Oertli«. Mein Vater steckte ungekämmt
in seinem Übergwändli, dem Blaumann, und sagte, hoi,
Rolf, er kraulte das Tier, öffnete die Beifahrertür, und
Rolf sprang auf den Sitz, wo ich saß, wenn Rolf nicht da
saß, der Kindergarten war ja freiwillig, mein Vater
schletzte die Tür zu, so wie er es mir nicht erlaubte, dann
ging er um das Auto herum, zog lange und gierig an seiner Zigarette, die Wangen wurden hohl, dazu schloss er
immer die Augen, es sah aus, als habe er Schmerzen,
dann warf er die brennende Zigarette auf die Straße,
stieg in den Opel und fuhr zügig los. Er fuhr zur Arbeit,
Mutter und ich wussten nie, wo die war, im Münstertal
oder im Oberengadin, in Davos oder Pradella, meistens
fuhr er wohl nach Samnaun an den Stammtisch zu den
Zeggs und den Prinzs und den Jenals und den Hangls, die
billigen Zucker und billigen Schnaps vertrieben, zu den
Serviertöchtern aus dem Tirol, Hanni und Resi, dort
sprach man Deutsch, und auch mein Vater sprach
Deutsch, er sprach nur Deutsch, das Romanische war

ihm fremd, er sagte, ich kann es einfach nicht, was will man machen, ich kann es einfach nicht, das Romanische, nein, ich verstehe nichts, ich bin ein Sprachidiot, *exgüsi*. Er hatte viele Freunde am Stammtisch, dort wo man seine Sprache sprach, aber er wurde – trotz der vielen Verbündeten, mit denen er irgendwelche Geheimnisse teilte und ominöse Geschäfte machte – beschimpft im katholischen Samnaun, weil er Protestant war, Luther, spuckte man ihm nach, was ihn über Jahre beleidigt hat, das heißt, bis zu seinem Tod.

Nach Hermann Burger klingt Prättigauer Dialekt wie Rauchquarz. Als eine kräftige Ausprägung des Höchstalemannischen eignet er sich für lakonische und böse Geschichten, die Menschen zum Lachen und zum Fürchten bringen. Aber er duldet keine Sprache neben sich. Ob sich der Vater im Engadin deshalb ausgeschlossen und isoliert fühlte? Das Lateinische wollte ihn nicht, seine Muttersprache hatte wohl seinen Kehlkopf auf eine einzige, besitzergreifende Weise programmiert, und der »Granit-Grind«, sein harter Kopf, sowie sein spöttischer Humor, der keine Pausen oder Unsicherheiten duldete, taten das Ihre dazu, aber immerhin waren alle im Engadin Protestanten, das katholische Tarasp zählte nicht, niemand hier hätte ihn Luther genannt oder wenn, dann wäre es eine Art Kompliment gewesen, mein Vater hätte das Kompliment wohl auf die Tatsache bezogen, dass über seinem Bett seit Jahr und Tag der Konfirmationsspruch hing, etwas mit »der Herr und die grünen Auen«, hinter Glas, recht schön für Mitte der Fünfzigerjahre, von denen ich sonst nur die Möbel kannte, und wer auf diesen sitzen, darin Wäsche lagern, darauf liegen oder essen wollte, muss ganz schön einen an der Ästhetik-Waffel haben, das kann man laut sagen, oder? Gut, das Bild mit dem Grünen-Auen-Text und diesem hübschen Jesus war in Ordnung. Und klar, es ist bekannt, dass die Kinder das Mobiliar der Eltern verachten, während sie das Bett der Großmutter lieben.

Mein Vater war ein guter Protestant, das sagte er von sich selber. Ich weiß zwar nicht, was das heißt, ein guter Protestant sein. Wenn es reicht, den Konfirmations-spruch über das Bett zu nageln, soll es mir recht sein, ich sage es auch, wenn ich von meinem Vater erzähle: Er war ein guter Protestant. Das habe ich von ihm geerbt. Ich bin jetzt auch ein guter Protestant. Die männliche Form benutze ich absichtlich, eine gute Protestantin, das gibt es doch nicht. Wir sind Protestanten.

Ein guter Protestant ist gut zu Tieren, sagte mein Vater. Schau dir mal die Katholiken in Italien an, wie die ihre Tiere halten und schinden, wie grausam die sind, wie sie die Tiere auf den Märkten präsentieren. Erinnerst du dich an die Rotwangenschildkröten in Lavena Ponte Tresa, wie die im Aquarium schmachteten, unten ein wenig Wasser, vielleicht zwei Zentimeter, die untersten Schildkröten hatten Wasser, aber auch das Gewicht der oberen Schildkröten auf dem Panzer, wie viel mochte das sein, zwei Kilogramm, man könnte es ausrechnen, müsste nur die Formel haben, die Fläche des Aquariums, die Größe und das Gewicht der einzelnen Schildkröte, man könnte das ausrechnen, da krabbelten sicher hundert Schildkröten auf den untersten herum, den gewässerten

Schildkröten, die oben hatten zwar kein Wasser, dafür weniger Gewicht. Die oberen werden auch schneller gekauft und irgendwelchen Kindern mitgegeben, die die Schildkröten über die Grenze schmuggeln, zuerst ins Tessin, dann nach Graubünden, wo die Tiere in einem Aquarium mit Landaufbau und Hütte aus einer halben Kokosschale verenden, weil das Kind keine Pumpe hat und das Futter vergisst, die Tiere, die einmal ganz oben waren, an der Sonne, an der Hitze, hatten es auf dem Markt vielleicht besser, sonst aber eher nicht. Sie sterben langsam, sie wachsen einfach nicht mehr und sterben so vor sich hin, die Augen trüb, das Mündchen zeigt ja immer nach unten, das Unglück ist schon bei der Geburt aufgezeichnet, es ist eine Misere.

Um auf die italienischen Märkte zurückzukommen und auf die Katholiken, die dafür verantwortlich sind, dort gibt es auch kleine Hunde, Welpen mit weichem Bauch, mit Welpenaugen und Welpenflaum und diesen Ohren, die jedes Herz erobern, sie werden vom Fleck weggekauft, die Rasse ist egal, auch wegen der unwürdigen Platzverhältnisse werden sie gekauft, das darf doch nicht sein, finden die Einheimischen, sie sind ganz wild auf kleine Hunde. Die Behälter sind mit Zeitungspapier gepolstert, Zeitungspapier, das am Abend vollgesogen ist, keine einzige Seite ist mehr lesbar, es stinkt, aus diesem feuchten Gestank werden die Welpen ausgelöst und nach Hause getragen. Im Engadin, bei den Protestanten, würden sie sechzehn Jahre alt, sie würden, blind und lahm, an Altersschwäche eingehen. Dort, in Italien, werden sie ein paar Wochen geküsst und geherzt, auf der Piazza herumgezeigt, vielleicht ein halbes Jahr lang, ein Jahr für die Tapferen, dann bei der Autobahn angeleint – und fertig. So sind sie, diese Katholiken, ja das ganze Mittelmeergebiet ist nicht mehr zu retten, deshalb hatten die Kommunisten auch leichtes Spiel, das leuchtet jedem ein.

Bei den Protestanten herrscht Ordnung, der Vater trinkt den stärksten Kaffee, um sich zu sammeln, um nie zu vergessen, was falsch und was richtig und Ordnung ist, und deshalb durfte Rolf auch im Auto mitfahren, denn so ein Hund alleine auf dem Parkplatz vor unserem Haus, das wäre ja ein Zeichen von Verwahrlosung gewesen, vielleicht würde er sogar winseln oder bellen, Hunde, die vor fremden Häusern sitzen, Hunde, die durch das Dorf »strielen«, wie meine Mutter sagte, das macht heute einen sehr schlechten Eindruck, früher war das nichts Besonderes, in ihrem Dorf zum Beispiel, wo es zwei Schulhäuser gab, eines für Katholiken und eines für Protestanten. Eine schwere Zeit, aber manches sei auch gut gewesen, die Hunde damals zum Beispiel, viel origineller, die vernachlässigten Hunde, die den ganzen Tag im Dorf herumlagen oder herumstreunten, dürfe man sich nicht als bösartige Hunde vorstellen, sie gehörten zum Dorfbild wie die Irren und die Seltsamen, die waren auch viel interessanter damals, die Alten, die Kinder, die unbeaufsichtigt spielten oder ein paar Zuckerstangen für die Mutter stahlen, weil sie mit dem Fahrrad nach Landquart fahren musste, in der Papierfabrik die paar Rappen zu verdienen, »um die Familie durchzubringen«, weil ihr Vater, mein Großvater, »invalid« gewesen sei. Invalid, das war ein Wort, das mir großen Respekt einflößte, invalid, das musste eine schlimme Sache sein. Die Hüfte habe ihm furchtbar wehgetan, dann noch die Staublunge – und das ganze Talent für nichts, sagte die Mutter. Als mein Großvater noch einen Lohn bekam, sei der in Gold ausbezahlt worden, in echtem Gold, 18 Karat. Wenn man in die Münzen biss, habe man einen »Hick« sehen können, der Hick war die Punze des kleinen Mannes. Gold war schön, aber mir gefiel Silber besser, ich hatte Silberringe aus der Drogerie, fünf Stück, an jedem Finger der linken Hand einen Ring, auch am Daumen, wie ausgefallen! An der rechten Hand trug ich keinen Schmuck.

Mein Vater konnte nicht mehr schlafen, wenn er die Grausamkeiten an Tieren im Fernsehen gesehen hatte, zum Beispiel in diesem Dokumentarfilm, in dem eine Meeresschildkröte umgedreht wird, und dann schneiden ihr böse Menschen bei lebendigem Leibe den Panzer unten auf, wie eine Büchse, sagte der Vater am nächsten Tag, bevor er zu Rolf ging, mit einem Dosenöffner heben sie den Bauchpanzer ab, man sieht das Herz schlagen, aber die Mörderbande sticht nicht in das Herz, zu aufwendig, keine Gnade, weil kein Gedanke da ist, der dem Tier gilt, so läuft das bei den Schindern, die Schildkröte wird nicht erlöst von ihrem Leiden, nein, sie machen sich gleich daran, die Schildkröte zu verarbeiten, keine Ahnung, wann die stirbt. Auch wenn etwas Brutales, das mit Kindern zu tun hatte, im Fernsehen kam, konnte er nicht mehr schlafen.

Den Rolf hat er besonders gemocht, weil es der Hund von Peider Morell war, Peider Morell war Schlosser in

Scuol, alle Kinder kannten die Schlosserei, weil da manchmal die Funken sprühten wie in der Hölle und weil originell geflucht wurde, »Jon sainza bögl«, Johann ohne Darm, so beschimpfte Peider den kleinen Lehrling, der lachte, seine Frau hieß Anna, sie war wunderschön, das schwarze Haar glänzte, sie sah spanisch aus, explosiv wie eine Flamencotänzerin, ihre Töchter waren Ladina, Maria und Vanessa, Vanessa war ein Jahr jünger als ich, ein ruhiges Mädchen, nie in Eile, mit einem flächigen Gesicht, später war sie eine ruhige Frau mit einem flächigen Gesicht, die meinen Klassenkameraden geheiratet hatte, der in den höheren Klassen immer Lacoste-Hemden trug, sie ist vor zwei Jahren an Brustkrebs gestorben, einer ihrer beiden Söhne heißt auch Peider, wie sein sanfter Großvater, der für mich ein Wunschonkel war, ich erinnere mich an seinen Onkelgeruch, ein sicherer Geruch, er hatte mit Metall zu tun, Peider war wie eines seiner kunstvollen Geländer, an ihm konnten sich seine Töchter festhalten, er fuhr nicht mit dem Auto davon, vielleicht war deshalb Vanessa nie in Eile, er stand immer in der Schlosserei und rauchte dort, ich erinnere mich an seine Plopp-Küsse auf die Wange, die mich zum Lachen brachten, an die lieben Küsse auf die Stirn, an seine Umarmung, wie er mich hochhob, ich glaube, er trug einen blauen Pullover, er war riesengroß und lächelte, seine Haare waren auffallend dicht, ich habe keine Ahnung, ob er Protestant oder Katholik war, nach seinem Tod ist seine Frau Anna in eine Sekte eingetreten, wahrscheinlich die Zeugen Jehovas, die können froh sein, haben sie jetzt so ein schönes Mitglied, da hören gleich alle aufmerksamer zu, und sie sagen sich: Das haben wir verdient. Die Familie verkaufte die Mora, die schönste Hütte, wenn man im Winter von der Motta Naluns ins Dorf runterfährt. Ich hoffe, nicht an die Zeugen Jehovas. Die Mora hat niemand verdient, weder Fromme noch andere, nur Onkel Peider.

Mit Peider und Anna waren meine Eltern vor meiner und vor Vanessas Geburt in Viareggio gewesen, dort haben sie die kleine Villa von Giacomo Puccini besichtigt, den mein Vater immer mit Enrico Caruso verwechselte, weil er den wirklich bewunderte, Puccini blieb ihm fremd, Benito Mussolini hatte im Mailänder Dom die Trauerrede auf ihn gehalten, dabei hätte Puccini dem Vater grundsympathisch sein sollen, er hatte mindestens so gierig geraucht wie der Vater, die Villa Puccini lag an einem idyllischen See in der Nähe der Stadt, vollgestopft mit wunderbaren Dingen, seinem Klavier, den Notenblättern und Jagdwaffen, eine theatralische Einrichtung, inklusive Kapelle, die italienischen Kapellen und Kirchen waren ja reines Theater, Katholiken waren alle Schauspieler, dort wäre Anna sicher zur Geltung gekommen, statt in einem kleinen Dorf in den Bergen Polenta zu kochen, hätte sie auf den großen Bühnen der Welt stehen sollen, sie hätte einfach dort stehen können und wäre weltberühmt geworden, so stellte ich mir Berühmtwerden immer vor, man ist ab Kindergarten dazu auserkoren, berühmt zu werden, zum Beispiel, weil man so schön ist wie Anna, und dann muss man sich mit seiner Bestimmung einfach an einen Ort stellen, wo möglichst viele Leute vorbeikommen, einen sehen und bestaunen können, testen, ob das alles echt ist, und dann wird man so berühmt, wie es vorgesehen ist. Es müssen glückliche Tage in der Toskana gewesen sein, meine Mutter hat oft davon erzählt, und sie schloss mit den Worten: Anna ist die schönste Frau des Engadins.

Als die Familie Morell dann plötzlich Rolf hatte und Rolf viele Menschen biss, Kinder und Erwachsene, den Postboten und die Nachbarin, hielten wir alle zur Familie Morell, und mein Vater fuhr Rolf aus der Gefahrenzone nach Samnaun. Er behauptete, dort habe Rolf nie jemanden gebissen, ich kann nicht sagen, ob es daran lag, dass er sich dort, genau wie mein Vater, aufgehobener fühlte wegen der deutschen Sprache, immerhin war er ein Deutscher Schäferhund, Katholik war er wohl nicht, obwohl man sagen könnte, dass es für einen Hund eine eher katholisch anmutende Eskapade ist, auf dem Beifahrersitz eines Servicewagens mitzufahren, jeden Morgen, als müsse er zur Messe, und für den Menschen, der das zulässt, auch, mein Vater hatte demnach eine katholische Ader, so viel Fantasie hätte ich ihm nämlich nicht zugetraut, aber nein, es war anders, nicht der Hund und auch nicht der Vater hatten etwas Katholisches, zusammen, wenn sie nebeneinandersaßen, waren Roman und Rolf wie Priester und Ministrant.

Manchmal ging ich zu Vanessa, und wir spazierten in Richtung Nairs, da gab es eine Trinkhalle, wir tranken dieses schreckliche Quellwasser, das nach faulen Eiern roch, aber weil es gratis war, kam uns der Gestank wie etwas vor, für das man sonst bezahlen musste. Rolf wartete draußen, er tat das ohne Wenn und Aber, er saß da, die Nase im Wind, wir mussten ihn nicht anleinen. In der Trinkhalle war nie jemand, was uns wunderte, wir blieben immer alleine da. Was draußen geschah, konnten wir natürlich nicht beurteilen. Vielleicht bewachte Rolf knurrend den Eingang, vielleicht biss er Leute, die trotz seiner Warnung eintreten wollten. Wir dachten aber nie an seine möglichen Taten, wir waren einfach zufrieden, wir fühlten uns unabhängig und beschützt, tranken das Gratiswasser, kamen wieder zu unserem braven Rolf und spazierten nach Hause.

Einmal kraxelten wir auf dieser Route unter eine Brücke, dort lagen gestapelt Sexheftli voller nackter Frauen, wir blätterten alle durch, und es blieb uns nichts anderes übrig, als uns wie Knaben zu fühlen und erregt zu sein, weil es total verboten war, solche Bilder anzuschauen. Rolf war auch dabei, er bewachte die Brücke wie ein tibetanischer Tempelhund, falls es so etwas gibt. Wir schauten stundenlang die Heftchen an, und niemand störte uns. Das verband Vanessa und mich fürs Leben, obwohl ich mich später auf dem Gymnasium von ihr abwendete, weil sie erstens nie Probleme hatte und zweitens sagte, sie hasse nichts mehr als zu schwitzen, was ich persönlich nahm.

Eines Tages, es war Herbst, kamen Vanessa und ich mit Rolf nach Hause zu Morells, wir tranken Sirup in der Küche und hörten einen Höllenkrach, der aus der Stube kam, die Stube war abgedunkelt, nicht nur die Vorhänge waren gezogen, sondern auch die Storen unten, Vanessas Schwestern saßen verzückt vor dem Fernseher, da lief ein Spektakel, ein brandmagerer Sänger mit langen Armen und hellblauen Augendeckeln rannte auf der Bühne umher und sang, eigentlich schrie er, er kreischte, der Gitarrist mit dem Gesicht eines Gnoms im Hintergrund flippte völlig aus, es sah komisch aus. Rolf knurrte. Wir lachten. Mit einem Sprung landete Rolf auf Ladina und biss ihr ins Gesicht.

Peider Morell brachte Rolf zu meinem Vater, der ihn erschoss, bevor die Polizei kam.

Raketenglace

Außerhalb der Schule waren wir Freunde. David war Linkshänder, *tschanc* hieß das bei uns. Das war so hässlich, wie es klingt, eine Schande, die Kopfnüsse absetzte oder Ohrfeigen. Wir gingen in die fünfte Klasse. Davids Trommelfell war letztes Jahr geplatzt, er hatte geschrien wie ein Mädchen und war noch vor der Pause nach Hause gerannt. Wir schauten in sein Heft, seine Schrift war winzig und spitz, die Tinte verschmiert, wir verstanden den Lehrer. So ging das nicht.

David und ich wohnten im selben kinderarmen Quartier, in der oberen Dorfhälfte, die bergwärts ausfranste, mal wie Dschungel, mal wie Wüste. Offensichtlich wollten keine normalen Leute in dieser Gegend wohnen, außer Familie Grond mit der sanften Madlaina, die zu allem Ja und Amen sagte, und ihrer kleinen Schwester Ladina, eine Petze mit aufgeworfenen Lippen. Die hatte sie von ihrem Vater geerbt, der, während sie auf die Welt kam, auf Mallorca mit seinen Golffreunden Tennis spielte und daraufhin seine Frau an jedem Muttertag ins Südtirol »in den Blust« und zum Essen in die Alte Post nach Glurns chauffierte.

Das schlechte Gewissen treibt wieder Blüten, sagte meine Mutter nach der obligaten Abgabe der Tulpen, und man wusste nicht, ob sie den Vater meinte, der jedes Jahr verlegen mit diesem mickrigen Strauß aufkreuzte, oder Herrn Grond und seine fantasielose Blustfahrt, über die wir an jedem Muttertag spotteten. Der Vater sagte, jetzt muss sich die Frau Grond wieder freuen und die Kinder beißen vor Frust in die Pneus. Wir lachten herzlich darüber, obwohl wir nicht ganz verstanden, weshalb die Kinder in die Pneus bissen. Mussten sie vor dem Restaurant in Glurns warten? Bissen sie vor Hunger in die Pneus? Lustig war die Vorstellung allemal.

Die Mutter sagte Haha, drehte sich um und hastete in die Küche, weil es Braten gab und selbst gemachte Pommes frites und mindestens vier verschiedene Gemüse. Pflicht war Blumenkohl mit Sauce Béchamel überbacken (der Trick: Sie schüttete zuletzt noch eine ganze Tüte Sbrinz hinein, das hatte sie als Au-pair in London gelernt) und Fenchel an viel Butter, die anderen beiden Gemüse waren frei. Als Dessert der Coupe *Heiße Liebe.* Ich traute mich nie zu sagen, wie blöd ich das fand. Heiße Liebe. Heiße Liebe fand ich blöd, Liebe noch blöder. Liebe reimt sich nicht umsonst auf Hiebe und Lüge. Nichts reimt sich umsonst. So stand es in meinem Buch. Ich hatte das selbst geschrieben. Ich wollte damit berühmt werden.

Chasperin von nebenan war vor fünf Jahren verblutet, ich war in der ersten Klasse gewesen, zum Glück hatte er noch diese Hütte für mich gebaut, unten am Bach, an der *Chalzina.* Die Hütte konnte ich von innen abschließen, dort in Ruhe heulen und alles in mein geblümtes Buch schreiben. Sein Bruder Armon, den man jetzt Fränk nennen musste, war in jeder Hinsicht mit der Schule fertig, vielleicht stand er bereits mit einem Bein im Gefängnis. Gesehen hatte ich ihn nicht mehr, seit er mich geohrfeigt hatte, weil ich nicht wollte, dass er die Katze erschießt.

Unsere Attraktion war das Freibad, es hieß *Trü. Trü,* das klingt nach oben, der Klang zieht blauwärts, ein bisschen dunkler, Türkis nennt man das wohl, wie die Farbe auf dem Grund des 25-Meter-Beckens. Das Freibad gehörte Madlaina, Ladina und mir. Wem das Freibad gehört, dem gehört der Sommer.

Es gab ein Einmeterbrett und ein Dreimeterbrett. Die Knaben lagen dort. Einer trat auf das Dreimeterbrett und machte die Bombe, die anderen beiden wurden nass gespritzt und fluchten, sie lachten, sie hechteten zum Auftauchenden, drückten ihn unter Wasser, er kämpfte, nun war er wieder oben, er schnappte nach Luft, brüllte, zuerst tief, dann hoch, er griff nach den Köpfen der anderen, drückte die zwei Köpfe unter Wasser, einer blond, einer braun, trinkt!, jetzt rauften sie, eine wilde Umarmung, der eine stieg an der Leiter aus dem Wasser, er griff in sein Haar, er schaute in den Himmel, den Mund leicht geöffnet, wer hatte schon einmal so weiße Zähne gesehen, die anderen schwangen sich elegant aus dem Becken, schauten sich kurz an, bewundernd, zärtlich, sie legten ihre glänzenden Körper auf den rauen, warmen Stein und atmeten in ihren Bauch.

Sie dachten bestimmt an die nächste Raketenglace, noch ein bisschen warten, die orange Schicht der letzten

Raketenglace klebte noch auf der Zungenmitte, am Rand, das Orange hielt am längsten, weil es die schönste Farbe ist, die schönste Farbe des ewigen Sommers.

Die kleine Wolke, sie dampfte und leuchtete zugleich. Sie stand direkt über dem Kiosk.

Wir saßen auf der Holzpritsche, beobachteten, das eine Bein angezogen, die Sonnenbrille vorne auf der Nase. Nie würden wir diese Gemeinschaft mit den Knaben erfahren. Nie würden wir auf diese Weise zusammen einatmen, zusammen über die Straße schlendern. Nie würden wir so schön sein.

Der Sommer, der von August bis September über unsere Haut spazierte, schickte uns an einem Sonntag aufs Riesenrad in die Hauptstadt des Kantons, er schickte uns in den Lunapark nach Tirano, wo er als Verkäufer hinter dem Stand mit dem Magenbrot stand, er streckte uns eine Papiertüte hin, einen *s-charnütsch,* das Magenbrot duftete, als käme es aus der Weihnachtszeit zu Besuch.

Madlaina, Ladina und ich sprangen ins Heu und lagen nebeneinander, wir atmeten schwer, als wüssten wir etwas, aber wir wussten noch nichts. Wir fuhren Velo mit roten Sandalen und mit einem Hut aus Baumwolle, wir sahen aus wie affige Glockenblumen. So süß, sagte die Mutter.

David ging nie ins Freibad. Mit seinem Körper war etwas nicht in Ordnung, genau so wie mit seiner Familie. Seine Eltern und die Schwestern waren christliche Fundamentalisten, wie ich später herausfand. Das also war der Grund, weshalb in der Unterführung dieses Jesus-lebt-Plakat klebte und immer wieder klebte, Nachbar

Janett riss es regelmäßig ab. Wir vermuteten, dass es Janett war, der grantige Witwer mit dem gepützelten Gärtchen, dem knallgrünen Rasen, wie mit Lebensmittelfarbe getränkt. Wir verdächtigten ihn, weil er uns, wenn wir an Neujahr zu dritt anwünschten, immer 50 Rappen gab. Zum Teilen, sagte er und grinste. Sein Grinsen war noch unheimlicher als das Grün seines Rasens und dass im Winter das Licht immer um sechs Uhr ausging.

David musste ein christlicher Fundamentalist sein wie der Rest der Familie, das war sicher auch der Grund, weshalb er den Religionsunterricht nicht besuchte. Weder den der Reformierten noch den der Katholiken. Ich war damals noch katholisch, das hatte immense Vorteile, vor allem weil der Dominikanerpater schwerhörig war und außerordentlich geniert, sodass er die Frechheiten entweder nicht hörte oder unverschämte Bemerkungen, die unter die Gürtellinie zielten und die wir selber nicht verstanden, heftig errötend ignorierte. Wir lachten über alles und aßen diesen staubtrockenen Babybrei aus der Tüte unter der Bank. Er verklebte den Mund, wir tauchten jeweils babbelnd wieder auf, wenn der schlecht gelaunte Mönch uns eine Frage stellte, und explodierten vor Vergnügen, dass es an die Tafel spritzte.

Wir bestaunten die kartonierten Bilder mit den Märtyrern ohne Kopf oder Brust. Das gemeinsame Betrachten der Gefolterten verband die Katholiken, trennte sie klar von den Reformierten, mit denen sie sich erst wieder verbanden in der Ablehnung des einzigen Kindes, das keinen Religionsunterricht besuchte: David, der ein

christlicher Fundamentalist war und zu dessen Haupt-
aufgaben es wahrscheinlich gehörte, jeden Abend nach
sechs Uhr das Jesus-lebt-Plakat wieder an den Beton zu
kleben.

David war mein Freund und der Freund meines Bruders, der zwei Jahre jünger war als wir. Ich wusste nicht
viel über meinen Bruder. Mein Bruder war mein Bruder.
Meine Mutter liebte ihn, mein Vater nicht. Er war fast
gleich groß wie ich.

Mein Bruder und David spielten oft am Ufer der *Chalzina,* aber nicht bei der Hütte, die Chasperin für mich gebaut hatte, sondern bei der Hütte von David und meinem Bruder. Die war weiter oben, nahe beim Dschungel.

Davids Vater, der Schreiner war und Dutzende Wel-
lensittiche in Volieren hielt, hatte ihnen beim Bau gehol-
fen und in seinem hummelfarbenen Opel einiges an Material angekarrt, den Rest hatten die beiden auf der
Baustelle bei *Runà* zusammengestohlen. Nachts waren
sie einige Male aus dem Haus geschlichen, was nicht einfach war, beide waren die einzigen Söhne ihrer Mütter
und deshalb stets in deren Blickfeld.

Ich hatte es da besser. Als Tochter war ich frei, unbe-
achtet und deshalb unbeobachtet. In mein Buch hatte
ich eine Kalenderweisheit notiert: Eine frühe Lektion,
dass Freiheit nicht mit Glück zu verwechseln ist.

Sie war schön, die Freiheit im *Trü* und an der *Chalzina,*
die man bis zu unserer Wohnung hörte. Ein beruhigen-
des Rauschen, *il schuschuri* heißt das, ein Winken, komm,
Kind, komm zu mir, Bäche und Kinder gehören zusammen. Wir müssen zusammenhalten, sagte das beruhi-

gende Rauschen, obwohl die *Chalzina* von Zeit zu Zeit über die Ufer trat, ein kleiner Bach, er wirkte schwach und hilflos, wahrscheinlich war es der weibliche Name, der ihn zu solchen Katastrophen trieb, in unregelmäßigen Abständen, impulsiv.

Ich fand einmal eine Larve in der *Chalzina,* der Panzer war zusammengesetzt aus kleinen bunten Steinen, ein schillerndes Ding, zart und schön, ich wusste nicht, dass es eine Larve war, und brach sie auseinander, weißes Fleisch quoll mir entgegen. Die schlimmste Tat meines Lebens.

In ihrer Hütte lagerten mein Bruder und David Munition, Rollen für die Käpselipistole, Frauenfürze, Männerfürze, leere Patronenhülsen, die man auf einen Holzpfeil stecken konnte, Agraffen für die Steinschleuder. Pfeilbogen, eine Plastikarmbrust. Beide träumten von einem Flobert, von echten Pistolen und Flammenwerfern. Sie zeichneten in der Schule Panzer und Jagdflieger, wenn das Sujet nicht vorgegeben war, rote Fahnen flatterten auf den vielen Burgen. Der Lehrer war froh, wenn die Schüler so hingebungsvoll malten, dann konnte er in Ruhe auf dem Gang rauchen und die junge Lehrerin, die, frisch aus dem Seminar, die erste und zweite Klasse führte, in ein Gespräch verwickeln. Sein heiseres Lachen drang ins Schulzimmer.

Es war kurz nach vier, ein Dienstag im August, als ich David und meinen Bruder bei ihrer Hütte besuchte. Ich wollte sie überreden, ein Stück Richtung Motta Naluns zu wandern, um zu sehen, ob es schon Boviste gab, ich liebte die Boviste in Scheiben geschnitten, in Ei getunkt, paniert, gebraten. Mein Kleid war feucht, weil ich darunter den nassen Bikini trug. Ich war den ganzen Tag über im *Trü* auf der Holzpritsche und im Wasser gewesen und hatte diese angenehmen Kopfschmerzen.

David und mein Bruder traktierten mit dem Hammer ein Brett. Was das werden sollte, wollte ich wissen. Eine Bank, sagte mein Bruder. Die komme vor die Hütte, sagte David. Sei gleich fertig. Als sie stand, setzte ich mich auf die Bank, die sofort zusammenbrach. Mein Bruder schrie: Du! und schlug mir ins Gesicht, ich fiel rücklings auf den Boden, mein Mund schmerzte, da war Blut, die Nase, war die Nase gebrochen? Mein Bruder packte mich an den Fesseln, David half. Die Freunde schleppten mich zur Pappel am Hang, da lag ein Seil, mit dem sie mich festzurrten, ich atmete in die Schlüsselbeine und dachte an die Raketenglace, ich dachte an den Geschmack der orangen Schicht.

Du! Wenn du ein Sterbenswörtchen sagst, schneide ich dir die Ohren ab. Ist das klar? Ich nickte. Mein Bruder lächelte.

Als es dunkel war, band mich David los. Ich stand langsam auf, entfernte die Ameisen von meinen Beinen, die auf dem Bauch zerdrückte ich. Ich strich mein Kleid glatt, das hinten nass war.

David schaute mich an, ich dachte an seine winzige, spitze Schrift.

Ein *tschanc*. Schon klar.

Die Seidenblume

Wenn sich eine Geschichte anschleicht wie ein willkommener Dieb, wenn eine Geschichte kommt oder da ist, ich sie aber auf dem Glastisch liegen lassen muss, ohne Hemd, Windeln und Käppchen, frierend, bloß und nackt, weil ich den Reibkäse und die Butter für die abendliche Polenta im Coop vergessen habe und kurz vor Ladenschluss hinübereile zu Lucia und Antonio, dann möchte ich mir eine große Seidenblume ins Haar stecken, damit die Leute im Coop mich nicht ansprechen. Sonst vergesse ich die Geschichte. Ich vergesse den Anfang, den Verlauf, das Ende. Oder, schlimmer, die Geschichte vergisst mich, lässt mich stehen, mausbeinallein, frierend und nackt, zieht weiter zu einer anderen, zu einer dummen Kuh oder einer freundlichen Seele, einer Blitzgescheiten, einer Sensiblen, Leisen, die besser schreibt als ich, die überlegt und Sätze baut, zu einer, die im Ausland, in Wallisellen oder im Nachbardorf wohnt, die nie Reibkäse und Butter kauft, weil sie beides nicht mag oder weil sie Polenta mit Reibkäse und Butter nicht mag, auch keine Pasta, oder weil sie eine begnadete Köchin hat, die an alles denkt, sich nicht nur an den Menüplan hält, sondern auch die Wocheneinkäufe tätigt.

Lucia und Antonio grüßen mich, mit oder ohne Seidenblume im Haar, sie fragen, wie es mir geht, ob ich die Lebkuchen-Aktion gesehen habe, ich will antworten, aber ich stelle mir vor, dass die andere meine Geschichte aufschreibt, die Geschichte von dem Mann und der Frau, die Geschichte, die zu mir wollte, die glücklicher geworden wäre aus meiner Hand oder unglücklicher, hätte ich Zeit gehabt, sie zu hätscheln und großzuziehen. Vielleicht wäre es genau die Geschichte gewesen, auf die einer wartet.

Die Leute im Coop (und die Leute auf dem Weg zum Coop) müssten natürlich Bescheid wissen. Ich müsste dafür bekannt sein. Es müsste bekannt sein, dass ich Geschichten schreibe und nicht angesprochen werden will, wenn ich eine große Seidenblume im Haar trage. Und es müsste bekannt sein, dass es sich lohnt, mich einmal nicht zu grüßen.

Einer müsste auf meine Geschichte warten wollen, weil er wüsste, dass es seine Geschichte ist, und er würde den Leuten im Coop und den Leuten, die meine Wege kreuzen, sagen, sie sollen mich nicht ansprechen, wenn ich eine große Seidenblume im Haar trage, denn es liege wahrscheinlich gerade seine Geschichte frierend, nackt und bloß auf dem gläsernen Schreibtisch, weil ich wegen des Reibkäses und der Butter für die abendliche Polenta in den Coop musste, und es sei möglich, dass sich die Geschichte davonmache zu einer anderen, die die Geschichte nicht verlasse wegen etwas Fett. Er aber wolle seine Geschichte von *mir*.

Wenn bekannt wäre, dass ich Geschichten aufschreibe und einer darauf wartete, würde eine rosenfarbene Seidenblume im Haar den Leuten im Coop bedeuten: Die Geschichte besteht nur aus einem einzigen Gedanken. Bitte nicht nur nicht ansprechen, sondern bitte auch nicht anschauen. Ich müsste mich dann nicht beim Hundefutter verstecken, bis die Luft rein ist, und den einzigen Gedanken des Tages auf der Quittung für den Reibkäse und die Butter notieren.

Eine grüne Seidenblume würde bedeuten: Die Geschichte ist bereits im Geburtskanal, ich habe Wehen, ich schreie gleich los, so laut, dass das Set der Wasser- und Weingläser, die man mit den Superpunkten erwerben kann, erzittert und zerspringt, dass alle Dosentomaten mit den Dosen auf den Boden fallen, dass die Lichter ausgehen, der Stromaufall die Kasse stilllegt, die Münzen nicht mehr springen. Presswehen. Ich werde fahrig und aggressiv. Bitte ein Stück Holz in meinen Einkaufswagen legen, damit ich bei der Geburt daraufbeißen kann. Ich möchte tapfer sein, alles durchstehen und alles annehmen, was vor mir liegt. Ob lang oder kurz, dick oder dünn, blutverschmiert oder sauber, schreiend, leise, alles ist willkommen.

Eine schwarze Blume im Haar würde bedeuten: Ich will heute nur auf Italienisch gegrüßt werden, weil ich kein Deutsch verstehe. Antworten kann ich leider nicht, denn meine Geschichte ist da, aber sie wehrt sich gegen mich, sie kratzt und beißt, sie pinkelt sogar auf meine neuen Prada-Schuhe, auf die ich stolz bin. Ich bin mit allerlei Abwehr- und Lockgesten beschäftigt, mit Bändigungszeremonien. An der Kasse nicke ich drei Mal kurz und drei Mal lang. Die Leute im Coop wissen, das ist ein genickter Zauberspruch, eine Bannformel, damit die Geschichte endlich aufgibt, sich nicht mehr sträubt, sich zähmen lässt.

Mit der schwarzen Blume im Haar will ich gewinnen, ich bin auf der Zielgeraden, ich kann es schaffen, aber es kann auch sein, dass mir in diesem Wettkampf die Puste ausgeht. Dann lasse ich den Reibkäse und die Butter sinken und grüße Lucia und Antonio wie immer.

Eine hellblaue Blume heißt: Ich bin eine, die manchmal schreibt, weil sie manchmal schreibt, aber heute schreibt sie nicht. Mir fiele nicht einmal mehr ein, wie man Polenta kocht. Ich kaufte nicht nur Reibkäse und Butter, sondern auch Elmer Citro und Katzenzüngli. Ich würde mich mit allen unterhalten, aber mir fiele nichts ein. Es tut mir leid. Ich hoffe, ich wirke nicht unhöflich. Zum Glück wüssten ja alle, was die hellblaue Seidenblume bedeutet.

Ich würde nach Hause gehen, die hellblaue Seidenblume aus dem Haar nehmen, einen Zopf flechten, Polenta kochen, Käse darüberstreuen, sie mit zerlaufener Butter zum Glänzen bringen.

Nach dem Kaffee läge die Geschichte da, angezogen, gekämmt, satt, zufrieden. Ich würde sie zärtlich auf den Arm nehmen, und es störte mich nicht, wenn sie neben meinem Ohr rülpste.

Michel fährt

Ich war in meinem Leben oft glücklich, ich war so glücklich, dass es in Ordnung wäre, heute bei hellstem Himmel und kühler Sonne an der Kreuzung unter den blauen Engadin-Bus zu kommen, obwohl der Roman noch nicht gedruckt ist. Ich hätte also den Plan nicht erfüllt, wenn ich heute, sagen wir, um 15 Uhr 02, unter den Bus käme. Ich müsste abtreten mit einem Makel, und vielleicht würde mein letzter Gedanke vor der Bewusstlosigkeit diesem Makel gelten, vielleicht würde ich mich schämen und mich als leeres Versprechen oder als feiste, auftrumpfende und deshalb peinliche Behauptung vor der Welt fühlen. Eine Welt, die sich ins Fäustchen lacht oder die brennt oder der fast alles egal ist. Ich bin der Welt egal. Ich würde sterbend vielleicht meinen Makel zum Mittelpunkt meiner Welt erheben, was eine zweite Peinlichkeit wäre, schlimmer als die erste. Manche würden sagen: eine Sünde.

Vielleicht auch nicht. Vielleicht würde ich auch an Michel denken und an unsere Sommer, als ich glücklich war, ohne es zu wissen. So sprechen Erwachsene. Denn wer weiß schon, ob er als Kind glücklich war und was das Kind wusste? Niemand weiß es. Ich vermute, dass ich oft unglücklich war. Es gibt dafür einen Beweis: Ich schreibe.

Zum Glück weiß ich nichts davon, wenn ich Polenta koche oder den zarten Arm meines Kindes anfasse, ich glaube, das Paradies ist dieser zarte, duftende Arm des kleinen Kindes – oder seine Augen, wenn es sich freut auf die Polenta. Butter nicht vergessen! Hier nicht knausern, Mensch! Schütten!

Ich verbrachte die Zeiten des Unglücks in meinen Bunkern, die ich auch heute noch habe. Dort gibt es genug zu trinken und zu essen, zu tasten, zu sehen und zu hören, aber ich brauche nichts, ich bin völlig bedürfnislos in meinen Bunkern, ich warte einfach, und wenn die Luft rein ist, komme ich wieder raus und falle in den Default-Modus, der mir angeboren ist: Ich weiß von nichts.

Wenn sich danach Durst meldet und Hunger, greife ich nach einem Glas Milch und einem Stück Brot, darauf lege ich Salami, ich schütte die Milch runter, dass ich keuchen muss, ich stopfe Brot und Salami in mich hinein, kaue spärlich, schlucke schnell. Ich bin ein gieriger Mensch ohne jede Erziehung.

Gier macht mich glücklich. Ich will dich fressen, Leben. Brauchst nicht auf mich zu warten, ich bin immer schon da, wenn du kommst, denn ich will dich saufen, ich will dich fressen, ich bin eine kleine Person, eher unscheinbar, deshalb falle ich nicht weiter auf, wenn ich dem Leben auflauere hinter, sagen wir: einer Fichte. Buh! Hier bin ich. Du entkommst nicht. Und ich habe auch keine Chance. Aber wollte ich sie je, die Chance? Was ist das?

Als Michel mich bei Nairs auf den Gepäckträger seines Velos lud, baumelte am Lederband um seinen Hals ein Haifischzahn, nach der Schule aß er ein Pfünderli Brot und trank eine Packung Milch. Er stieg in die Pedale wie ein Weltmeister, mit oder ohne Mädchen auf dem Gepäckträger. Er bemerkte den Unterschied gar nicht. Und das ist, was mich bezauberte: Er war, wie er war, tat, was er tat. Mit oder ohne. Dieser endcoole Michel aus Scuol. Heute ist er Lokomotivführer. Und ich bin stolz auf ihn. Hallo, Michel! Liest du meine Hymne auf dich? Und weißt du eigentlich, wie gerne ich Zug fahre?

Wir sahen uns kürzlich am Bahnhof Samedan auf dem Perron, und ich fiel fast um vor Glück. Du sagtest: Siehst aus wie früher. Na, klar. Warum auch nicht? Ich habe nicht vor, anders auszusehen als früher. Und ich sehe nicht nur aus wie früher, ich habe mich auch sonst nicht verändert.

Wenn du im Kindergarten ein liebenswertes Kind warst, das sein Pausenbrot teilte und dem Kind aus der Familie, die nichts galt, nach Hause folgtest, um mit ihm in der Stube voller kaputter Möbel *Schwarzer Peter* zu spielen, wirst du dich auch im Altersheim mit allen beim Skat gut verstehen. War es je anders? Wurde je aus einem Trottel ein toller Typ? Aus einer dummen Gans eine poetische Inspiration? Mir persönlich nicht bekannt.

Michel war riesig, zwei Köpfe größer als ich bei gleichem Alter, er trug einen Rollkragenpullover aus Baumwolle, mittelblau, und es war bald Sommer. Aber Michel schwitzte nie, glaube ich. Der Sommer war heiß. Vom Schwimmbad nach Hause musste ich rennen, weil der Asphalt unter den Füßen brannte. Mein Körper war braun, nur die Fußsohlen glänzten rosa. Und die Zunge.

Ich erinnere mich an meinen zufriedenen Körper. Wenn ich zufrieden bin, sage ich nichts, das ist noch heute so. Ich schweige, und dann denke ich auch nicht viel. Ich finde das schön. Nichts denken. Niemand sein. Keinen kennen. Sich selber schon gar nicht.

Zu einer warmen Kugel werden. Ohne Technik, die man in einem Kurs lernen muss. Einfach nur eine Kugel sein und sich fühlen wie auf dem Gepäckträger von Michel. Er steigt in die Pedale. Und du bist nicht einmal ein Mädchen, sondern einfach ein Körper, der da sitzt. In diesem Körper sitzen zwei Augen, und die schauen auf den Wegrand und sehen irgendetwas. Es muss nicht schön sein, nicht erstaunlich. Und du willst trotzdem, dass sie nie mehr aufhört, die Fahrt von Nairs nach Scuol, dieser gäche Stutz, es dauert Stunden in der Erinnerung, bis man oben ist. Oben, auf *Cuttüra plana,* wartet das Maisfeld. Aber du denkst nicht an Polenta. Du fühlst dich wie Polenta. Du bist Polenta. Mit viel Butter. Schütten, Mensch!

Fünfzehn Jahre später, an einem Abend im Februar, liege ich in Thermo-Unterwäsche auf der Kühlerhaube von Michels Auto, das dreht durch und rutscht, ich bin ein Sack Zement, nichts weiter, ich liege da und hoffe, dass mein Gewicht reicht, dann hoffe ich lange nichts mehr, ich schlafe fast ein, wir sind kurz vor dem Hospiz, Michel nimmt mich mit nach Zürich, verdammter Flüela-Pass! Links und rechts mannshohe Schneemauern, ein Pulversturm, ich huste, die Straße ist vereist. Wir erfrieren, Michel! Ach, Romana, du Weichei, halt die Klappe! Wir fahren doch, wo ist das Problem?

Michel lenkt und pedalt, als ob nichts wäre, er ist der bärenstarke Junge aus meiner Klasse. Er fährt mich im Sommer und im Winter. Ob ich auf dem Gepäckträger sitze oder auf der Kühlerhaube liege, im Zug aus dem Fenster schaue, er fährt. Michel fährt.

Ich bin gerne bei ihm, dann kann mir nichts passieren, er wehrt die anderen auf dem Pausenplatz ab, vor allem die Mädchen, die mir an die Gurgel wollen, ich muss nicht schreien und nicht wegrennen, einfach nur seine Freundin sein, weil ich ja leider nicht sein Freund sein kann.

Das würde dir mehr bedeuten, oder? Du wärst lieber ein Junge gewesen? Natürlich! Aber gut. Einmal Bunker, und dann ist auch das vergessen.

Alberto Juantorena

In die Dämmerung zu rennen, ist das Größte. Ich schnü-
re meine leichten Laufschuhe. Meine nackten Füße stecken darin. Ich mag keine Socken. Und ich mag keine
Unterwäsche. Sie ist unnützer Ballast, vor allem beim
Rennen. Obwohl ich die Mode liebe, mag ich Kleidung
nicht besonders. Beim Rennen will der Mensch frei sein,
er will seine Sehnen spüren, nicht seine Socken, er will
sich in der Schnelligkeit, im Rhythmus, auch im Schmerz
finden und vergessen. Er überlässt sich seinen Beinen. Er
überlässt sich dem langen Bein, es grüßt und verabschiedet alles, was hinter ihm liegt. Der rennende Mensch
überlässt sich dem hohen Knie, den nach vorne geworfe-
nen Schritten, die kürzer werden und schneller, immer
schneller. Ich überlasse mich der Landschaft und dem
Wetter, vergesse, was mich betrübt, was an mir frisst,
was mich freut, ich vergesse, ob die Arme gut und nahe
am geraden Oberkörper im steilen Winkel schwingen,
wie die Hände zu halten sind, weil ich meine Runde in
die Dämmerung fliege, vor allem an Tagen, die leicht begannen.

Ich bin so leicht, dass ich auf dem Meer gehen kann,
auf der Gischt, die mich trägt, so leicht, dass es egal ist,

ob ich hier bin oder nicht. So leicht, dass ich eine Elfe werde und auseinanderbreche, wenn mich jemand anfasst. Zur Strafe für den, der mich angefasst hat, breche ich auseinander, ich werde durchsichtig, unsichtbar, bin ohne Gewicht, weder hier noch da, auf der Gischt, die mich trägt, so leicht bin ich, ich habe auf einer Küchenwaage Platz, ich muss nicht essen, ich bin kein Mensch, ich gleiche dem lockeren Frühlingssalat mit den roten Kapuzinerblüten, ich gleiche der Mangomousse, 20 Gramm Zucker, schaumig gerührt.

Mein Vater hat viele Theorien über die Haltung der Hände, und obwohl ich im Gespräch alle Überlegungen dazu ablehne, probiere ich es abends aus, ich versuche, wenn ich auf dem Parkplatz starte, die Hände pfotenhaft hängen zu lassen, das ist der neuste Trend, der Freund und Rivale des Vaters, Carlo, hat ihn eingeführt, ich finde, das sieht lächerlich aus und kann schon darum nicht optimal sein – das Schnelle muss das Schöne sein –, ich mache es nach, wenn ich starte, balle aber kurz darauf die Hände zu Fäusten, öffne sie mehr oder wenig, ganz gegen die aktuelle Familientheorie.

Ich könnte jetzt eine Note Eleganz dazumischen, den Zeigefinger nach vorne schieben, den Daumen berühren wie in der Meditation, ich könnte der Welt den Stinkefinger zeigen oder aber den kleinen Finger abspreizen wie Affektierte beim Teetrinken. Ich schwinge mit den Armen in verschiedenen Winkeln, ich lasse sie am Körper oder spreize sie flügelhaft ab, wie ein Huhn, das flattert. Das bereitet mir besonderes Vergnügen, ich atme lachend aus, ha-ha-ha, vor allem an Tagen, die leicht begannen.

Auch die Füße kontrolliere ich, wie lande ich, bloß nicht auf der Ferse, immer auf dem Mittel- oder besser Vorderfuß, wie die kleinen Kinder. Wie rolle ich ab, wie macht es die Katze? Zuerst rolle ich bewusst ab, dann vergesse ich, daran zu denken, und wenn ich nach dem Versinken in meinen Rhythmus wieder aufwache, hoffe ich, ein magischer Automatismus möge sich vor alle schlechten Gewohnheiten geschoben haben und ich möge es auch nach einer selbstvergessenen halben Stunde richtig machen, die Füße richtig belasten, ein bisschen mehr Druck nach innen, sagt mein Vater, er laufe besser, wenn er den Fuß leicht gegen innen kippe. Für mich stimmt das zwar auch, aber ich habe keine Lust, ihm alles zu glauben, nur weil er schon länger lebt und weiter gerannt ist als ich und als viele andere. Ich kippe meinen Fuß deshalb manchmal gegen außen, wie fühlt es sich an, X-Beine zu haben, das ist mein kurzer Protest, meine Füße sind nach denen des Vaters geraten, inklusive fehlendem Nagel an der kleinen Zehe, und auch sonst so einiges, da ist der Mist wohl geführt, ab und zu widersetze ich mich dagegen, vor allem an schlechten Tagen, mit ein paar falschen Schritten.

Nach all den Referaten und Diskussionen, nach all den Theorien übers Laufen, die ich mir insgeheim zu Herzen nehme, sagt der Vater manchmal plötzlich, als hätten wir nie darüber gesprochen: Du musst einfach seckeln, egal wie. Glaubst du, der Juantorena, dieser kubanische Teufelskerl, habe an seinem Stil herumlaboriert? Nie im Leben. In Montreal ist der mit seiner Masse eiskalt über 800 Meter gestartet, drei Tage später über

400 Meter, Langsprint und Mittelstrecke, Olympiagold, Weltrekord. Das kannst du nur, wenn dir niemand im Leben gesagt hat, dass das gar nicht geht. Meinst du, der hat sich etwas überlegt? Die Einflüsterer haben für ihn überlegt. Aber er? *El caballo* rannte, ein Pferd überlegt nicht, wie es rennt, es rennt – und verliert nie seinen Atem. Der Stil ist überbewertet, du musst einfach drauflos sirachern, als gäbe es kein Morgen. – Ja, Vater.

Vor dem sonntäglichen Lauf mit seinem Freund und Rivalen Carlo zeichnet der Vater ein paar taktische Finten auf ein Blatt und einen Verpflegungspunkt, wo die Mutter mit seinem Spezialgesöff stehen soll, Kaffee mit Salz und Traubenzucker und aufgebrühter Rinde, die er selber sammelt, so will er Carlo auch am nächsten Sonntag wieder abhängen, wenn sie ihre 28 Kilometer abspulen. Er würde ihn dieses Mal ab der Baumgruppe bei Suot Ruinas führen lassen, Carlo soll sich in Sicherheit wähnen, während der Vater einen Krampf vortäuscht, so habe ich das verstanden. Der Vater streitet es ab, er wird sehr ernst, vielleicht ist ihm das kleine Geheimnis rausgerutscht, die innere Lust war wohl zu aufgeschäumt, die ganzen ausgeklügelten Pläne, die er sich erzählt, die auf seiner Zunge bei geschlossenem Mund knistern und plötzlich aus dem Mund schießen.

Ich mache während des Laufens meine Experimente, zwischendurch hüpfe ich, so muss ich nicht über die Mathematiknote nachdenken und auch nicht übers Essen. Ich laufe gerne nüchtern, aber ich bin, auch wenn ich nicht laufe, oft nüchtern. Ich bin manchmal sehr leicht, ich bin leicht, wenn ich mich vergesse. Wenn ich bei Bewusstsein bin, will ich leicht sein wie ein Floh. Mein Vater sagt, ich sei ein Floh, und das gefällt mir. Ich stelle mich oft auf die Waage, zwei, drei Mal am Tag. Ein Floh bleibt immer ein Floh, wenn er das Gewicht halten kann. Das ist eine Aussicht, die mir Mut macht.

Mein Vater und ich lachen und spotten über Leute mit schlechtem Laufstil und mit der falschen Mütze, man muss doch gut aussehen, ja eben, Vater, deshalb ist das mit den pfotenhaften Händen sicher Humbug. Wir überlegen, wie wir die Humpler und Hüpfer, die Schiefen und Ruderer vom Laufen abbringen könnten, weil es optisch für uns nicht geht. Sie beleidigen uns. Vor allem die, die permanent über die eigenen Beine stolpern, wollen wir sperren. Die Langsamen haben wir nicht gerne, auch wenn wir manchen zugestehen, dass sie uralt sind oder eventuell für einen Marathon trainieren. Sie fallen beinahe um, sagt der Vater – und das auf der asphaltierten Straße. Wie das den Knien schadet! Dem könntest du einen Tritt in den Hintern geben, Floh, er würde nicht schneller laufen. Und irgendwann probieren wir es dann selber mit dem Langstreckenlauf auf der asphaltierten Straße, dem langsamen Start.

Man soll überall, wo es möglich ist, in allen möglichen Varianten laufen, wofür sonst hat man diesen Apparat bekommen, diese Stolpermaschine. Dass die Maschine es kann, heißt nichts anderes, als dass der Mensch es tun soll, es ist sein Auftrag, sagt mein Vater. Mein Vater überlegt immer, wie viel und wie oft die Vorfahren wohl gerannt sein mochten. Ich frage: Welche Vorfahren? Die von vor 10000 Jahren? Da waren ja auch nicht alle gleich. Ich sehe meine Vorfahren nicht als rennendes Regiment vor Marathon, sondern als faule Leute im Prättigau. Der Vater ist beleidigt. Er sagt: Du hast ja keine Ahnung.

Über die Dicken sprechen wir auch viel, wir lachen, warum tun die sich das an? Können ja gleich einen Rucksack mit Steinen mitschleppen. Weniger fressen, finden wir. Ich habe das beherzigt. Am Morgen mische ich mein Mus, und wenn meine Eltern übers Wochenende weg sind, koche ich eine Bouillon mit zehn Gramm Reis. Ich löffle sie, verteilt über den ganzen Tag. Ich führe ein Büchlein, darin steht, was und wie viel ich offiziell esse. Klingt prächtig. Beruhigt alle. Ich halte mich für schlau, obwohl sich letztlich kein Mensch dafür interessiert, was und ob ich esse. Solange ich laufe, ist alles in Ordnung. Es ist der Beweis, dass es mir gut geht. Und auch weil ich alles über die Schwedendiät weiß. Der ganz große Renner, findet der Vater. Bei deinem Gewicht schlägt sie besonders gut an, sagt er.

In der Dämmerung trage ich oft ein weißes T-Shirt aus atmungsaktivem Material, so auch heute, ein weißes T-Shirt wirkt immer sauber und schnell, in der Dämmerung sticht es besonders hervor. Und ich trage meine zweite Haut, Nike-Tights, die ich in der Stadt gekauft habe, sie sind schwarz und haben seitlich sattpinke Einsätze. Sie sind mein Heiligtum. Meine Beine sehen darin gut aus. Sie sind vom Rennen lang geworden. Sie glänzen. Der Dorfpolizist, der auch rennt, sagte meinem Vater, ich sehe zum Saufen aus. Als mein Vater mir das Kompliment ausrichtet, bin ich glücklich. Zum Saufen, das werde ich nicht mehr vergessen. Wie schön sich das anfühlen muss, wenn jemand mich säuft. Dann wäre ich ja flüssig. Flüssig sein ist vielleicht noch besser als fliegen.

Wenn ich abends renne, gehe ich vor die Haustür und auf den Parkplatz, dann entscheide ich, in welche Richtung es gehen soll. Heute habe ich Lust auf die Clemgia-Schlucht. Vor zwei Wochen gingen wir mit Herrn Angst auf eine geologische Exkursion, wir beobachteten den Verlauf der gelben Steinschnur, ich liebe die zahlreichen Serpentinen besonders, dieses wunderbare Grün, ich mag das Seifige und auch, dass die Steine manchmal auseinanderfallen, obwohl das zu Steinen gar nicht passt, ich habe eine Vorliebe für Schiefer, aber ich mag auch Granit und Gneis, Glimmer finde ich toll, unglaublich, dass daraus früher Glas gemacht wurde, was für ein Aufwand!

Herr Angst hat schon vor einem halben Jahr gesagt, wir dürften ihm, wenn wir auf Wanderungen gehen, Steine mitbringen, er würde sie für uns bestimmen. Seither räume ich kiloweise Steine in den Bergen ab, wenn ich alleine unterwegs bin. Ich habe das Geröllhaldenjogging entwickelt, ich renne mit einem Rucksack die Geröllhalde hinauf, meistens bei Champatsch, im Rucksack einzig drei Bücher (und später drei Kilo Steine), alle von Erich Fromm, »Märchen, Mythen, Träume«, »Haben oder Sein« und »Ihr werdet sein wie Gott«. Mit Fromm im Rucksack wage ich jede Route des Geröllhaldenjoggings, was gefährlich ist, ich rutsche von Zeit zu Zeit aus, muss mich abstützen und habe einige Verletzungen davongetragen, die ich wie Orden herumzeige.

Vor dem Aufstieg zum Piz Champatsch habe ich Edelweiß gefunden, ich bin überzeugt, das bedeutet, dass ich mit meinen Ausflügen alles richtig mache. Ich soll wiederkommen, sagen die Edelweiß, von denen auch mein Vater viele hat. Sie liegen gepresst in der Bibel, verteilt zwischen Genesis und Römerbrief, seit sein bester Freund und seine Freundin vor zwanzig Jahren beim Bergsteigen ums Leben gekommen sind. Der Vater schmiss damals Steigeisen, Karabinerhaken und Eispickel auf den Estrich und rührte sie nie mehr an. Ich weiß, dass Edelweiß geschützt sind, aber ich pflücke sie alle.

Jetzt will ich in der Dämmerung in die Val Clemgia rennen, ich will aufwärtsrennen, so schnell wie möglich und als Einzige. Das ist mir auf dem Parkplatz klar. Um diese Zeit wird niemand in der Clemgia-Schlucht sein, es wird ein einsamer Lauf werden, ich liebe diese Art der Dramatik, heute brauche ich sie besonders. Ich habe einen Tag hinter mir, der leicht begonnen hat und dann sehr anstrengend wurde. Die Nachbarin hat mich gezwungen, ein Stück Karamelltorte zu probieren, und weil ich länger mit ihr sprach als vorgesehen, konnte ich die Schweinerei nicht mehr rauswürgen, dazu ist meine Mathematiknote miserabel, dabei ahne ich, dass die ganz anders aussehen könnte, wenn ich mich nicht den Hausaufgaben kategorisch verweigern würde, um den Vater zu quälen, der mich schon als Professorin sieht. Ich aber will keine Professorin werden, ich will laufen und ansonsten will ich einfach meine Ruhe, genau wie meine Vorfahren, die Leute aus dem Prättigau, und meine Ruhe habe ich auch, wenn der Rest der Familie – meine Eltern –

in Sorge um mich sind. Es ist so schön, wenn sich andere um einen Sorgen machen.

Beim Rennen bin ich leicht. Ich passiere schon die Post. Nun überquere ich die eiserne Gurlaina-Brücke, die Sonne ist gerade untergegangen, die gelben Lärchen erlöschen, und ich bin den Tag fast los. Die Abende gehören mir. Ihnen drücke ich den Stempel auf, ich drücke meiner Strecke den Stempel auf, meine Fußabdrücke werden für immer bleiben, viele Hundert Spuren, niemand kann sie wegwischen, sie sind unsichtbar, ich weiß darum, der Weg weiß darum, die Schlucht mit den kleinen Brücken, den engen Passagen, die Abgründe wissen darum, der Fluss rauscht laut. Das ist meine Schlucht, das sind meine Brücken, das ist mein Fluss, das sind meine losen Steine, ich kicke sie weg, ich atme durch die Nase ein, ich atme durch den Mund aus.

Mein Vater hat gesagt: stoßweise ausatmen. Er macht einen langen Stoß, ich mag alles mit Drei, Dreierstöße, ha-ha-ha, die kann ich kontrollieren, ich hasse nichts mehr, als wenn ich die Atmung nicht mehr kontrollieren kann, denn wenn ich ungehemmt keuchen muss, ist es mir, als gehe gleich die Welt unter, ich habe keine Kontrolle mehr über mein Leben, und ich könnte an diesem Leben jederzeit ersticken, dieses Atemchaos, das ist bedrohlich, das kommt von ganz unten. Dann mache ich sicher einen Buckel und halte die Hände falsch, das ist besonders hässlich. Es gibt Leute, die laufen oben bucklig, unten wie die Mixer. Die sind noch schlimmer als ich. Aber wollen sie deshalb auch sterben? Ich will beim Verlust des Atems immer sterben.

Ich werde bis ganz hinten laufen. Und auch ein bisschen rückwärts, rückwärtsrennen und versuchen, nicht gegen den Felsen zu stoßen. Wenn man gegen den Felsen stößt, verliert man Punkte, ich verteile immer Punkte an mich, manchmal vergesse ich den Zwischenstand, dann gebe ich mir Punkte nach Gefühl, an guten Tagen schenke ich mir Punkte, an schlechten Tagen geht die Tabelle unter null, unter null heißt: Was machst du hier eigentlich? Warum bist du auf der Welt? Zum Glück weiß ich die Antwort: Ich bin zum Rennen auf der Welt. Nicht zum Wegrennen, man kann nicht wegrennen, ich habe dazu in der Schule einen Satz von Seneca gelesen: »Du reist mit dir.« Du rennst auch mit dir. Du kannst nicht wegrennen, weil du selber rennst, der Körper löst sich nicht von dir, du bist dieser Körper, man kann nur während des Rennens verreisen, das ist möglich und das muss man versuchen.

Ich bin fast am Ende der Schlucht angekommen, da liege ich plötzlich am Boden. Das linke Knie ist in Flammen aufgegangen. Es ist blockiert, mitten im Lauf hat es sich verabschiedet, es hat den Meniskus ausgespuckt oder Fetzen davon und ist gefroren, ich starre auf das Knie, dessen Winkel ich gern mit dem Geodreieck vermessen würde, um später präzise davon zu berichten, wenn das hier vorbei ist, die Mathematikprüfung erlebt gerade eine furchtbare Addition.

Ich bin stechender und pochender Schmerz, meine Zunge schwillt an, der Brechreiz ist heftig, später kann ich nicht sagen, wie lange das gedauert hat, die Gedanken haben keine Logik mehr, sie ziehen sich in ihre Löcher zurück und überlassen mich der Wildnis. Ich habe nicht geschrien, glaube ich zumindest, es ist schlimmer. Die Handgelenke tun weh, aber auch die Stirn, die Druckstellen pulsieren, werfen Ringe aus, die sich über den Körper ziehen, hin und zurück. Ich kann nicht sagen, wie lange ich seit der Explosion hier liege, denn ich habe nicht nur keine Unterwäsche an, ich trage auch nie eine Uhr.

Ich will flüchten, flüchten wie ein Pferd, ich versuche aufzustehen, ich darf nicht liegen bleiben, es ist kalt, und ich trage Kleidung, die explizit nicht wärmt, im Gegenteil. Der Schweiß ist eiskalt, gibt es schon eine Eisschicht oder wann wird die kommen? Wie ist das mit dem Raureif? Gefrieren die Schlehen schon über Nacht? Sind sie süß?

Ich werde erfrieren, wenn niemand kommt. Das ist der erste klare Gedanke, den ich fasse. Dann atme ich in Dreierstößen in den Schmerz, der sich gesetzt hat, aber noch immer ganz Herr im Haus ist, ich atme tief in den Schmerz, aber er lässt nicht mit sich reden. Die Hoffnung, dass zu dieser Zeit jemand kommt, ist nicht nur gering, es gibt sie nicht. Ich sehe meine Leiche. Sie liegt tagelang auf dem Waldweg, und man findet sie erst, wenn es geschneit hat. Nein, man würde mich wahrscheinlich in den nächsten beiden Tagen finden, spätestens. Die Laufrouten sind ja begrenzt, mein Vater würde alle ablaufen, vielleicht tut er das bereits, normalerweise bin ich gegen neun wieder zu Hause. Es kann gut neun Uhr sein. Vielleicht bin ich zwischendurch ohnmächtig geworden, das ist nicht zu beurteilen.

Ich versuche, mich am rohen Holzgeländer hochzuziehen. Es ist schwierig, der Schmerz am linken Knie hindert mich an einem guten Plan. Aber ich muss ihn trotzdem fassen, und zwar jetzt. Ich ziehe mich hoch, stehe auf einem Bein, strecke mich, ich weine nicht, ich muss alle Flüssigkeit im Körper belassen, ich habe nur wenig getrunken, bevor ich losgegangen bin, und nichts dabei, das wäre ja nur Ballast gewesen. Über Leute, die mit einem Täschchen rennen, lache ich.

Die letzte Mahlzeit nach dem Mittagessen, das aus zwei Äpfeln bestanden hat, ist das Stück Karamelltorte gewesen, aber das ist keine Größe in meinen Berechnungen. Mathematik geht nun doch. Ich werde in Zukunft die Hausaufgaben machen, falls es eine Zukunft für mich gibt. Sinnlos, meinen Vater zu quälen. Wäre er jetzt trauriger, wenn ich nicht mehr da sein würde? Durst wird ein Problem werden, falls ich nicht in der Kälte wegdämmere, ich könnte mich vielleicht zum Bach runterrollen lassen, auf dem Hosenboden würde es nicht gehen, zu schmerzhaft, zu gefährlich.

Kann ich das Bein stabilisieren?

Dazu müsste ich die Hose oder das T-Shirt ausziehen, einen Stecken an das Bein binden, ich bekomme einen Stecken zu fassen, ich suche die Umgebung nach dickeren Stecken ab, manchmal findet man einen Stock im Wald, jetzt wäre auch ein Stecken recht, ein kurzer von mir aus, damit ich einen Wanderstab als Krücke herbeizaubern könnte. Jetzt beginnst du schon zu fantasieren, denke ich.

Ich verwerfe die Schiene, weil ich dann entweder unten oder oben nackt sein würde, ich weiß nicht, was schlimmer wäre, in diesem Styling überrascht oder aufgefunden zu werden oder etwas schneller zu sterben, weil ich mich nicht in wärmere Gefilde bewegen kann, je weiter hinten in der Schlucht, desto kälter, das ist klar. Ich muss mich in Richtung Tal und Dorf bewegen. Ich stehe auf einem Bein und versuche zu hüpfen, das gesunde Bein tut weh, der Sprung hat keine Elastizität, es ist so ein winterhafter Sperlingssprung, ein einziger. Ich werde hier nicht wegkommen. Ich werde hier sterben. Ich habe nicht das Gefühl, dass das die große Katastrophe wäre. Ich ziehe mich gegen den Hang. Die Füße liegen auf dem Weg.

Dann kommt Herr Filli. Er ist der Vater meiner Schulfreundin. Die Familie hat ein Haus in *Val S-charl,* das auch als Jagdhütte dient, über dem Tal liegt *Tamangur,* das ist der alte Arvenwald, wo die Toten hingehen. Herr Filli war in der Jagdhütte, und er hat plötzlich Lust verspürt, ins Dorf zu laufen, wie er mir sagt.

Ich weiß sofort, jetzt habe ich auch so einen Lebensretter, dem man ein Leben lang dankbar sein muss. Hoffentlich vergisst man das nicht zwischendurch. Wem man das Leben verdankt. Außer der Mutter, der man verdankt, dass sie einen nicht verhindert hat. Herr Filli überlässt mir seine Jacke. Er weiß, was sich für einen Lebensretter gehört. Er sagt, ich hole Hilfe. Dann ist er weg.

Ist es schon Mitternacht? Lebe ich noch? Ein bisschen sicher. Aber richtig? Habe ich jetzt Störungen oder Schäden? Ist mein Hirn noch in Ordnung? Ich sage ein Gedicht auf. Eins mit der sapphischen Odenstrophe. Trochäen mit eingeschobenem Daktylus, alle Versausgänge weiblich.

Ich weiß jedes Wort. Keine Schäden, mein Hirn ist in Ordnung, aber ich friere. Ich habe nie zuvor so gefroren, und wenn ich wieder einmal so frieren müsste, dann wäre ich froh, ich würde die Rettung nicht erleben. Meine Zähne schlagen nicht mehr aufeinander, und die Hände bewegen sich nicht. Ich bin müde. Das ist schlecht. Ich weiß, das ist schlecht, was bestätigt, mein Hirn ist in Ordnung.

Da kommt jemand. Es ist mein Vater mit seinem Freund Carlo, der am Sonntag sein blaues Wunder erlebt, weil er sich sicher fühlen wird, wenn mein Vater bei Kilometer 15 mit dem Krampf kämpft. Sie tragen eine Bahre. Nein, keine Bahre. Wer auf einer Bahre vom Feld getragen wird, ist tot, habe ich gelesen. Wer nur verletzt ist, der werde auf einer Trage abtransportiert. Ich aber will eine Sänfte. Dies soll meine Sänfte sein. Ich sehe mich zu römischen Zeiten, zwei gut gebaute Sklaven tragen mich durch Rom, und ich jaule ein wenig vor Freude, man darf an eine Wölfin denken, die noch nicht geworfen hat.

Da laden mich mein Vater und Carlo auf die Trage. Ich bin ja nur verletzt. Jetzt höre ich mich schreien. Mein Vater sagt, dich hört man ja bis nach Österreich und Italien, übertreib nicht! Sie hat vor Freude geschrien, dass sie noch lebt, sagt Carlo. Carlos Bemerkungen sind immer unpassend. Er ist der Einzige, der darüber lacht. Sogar am Stammtisch. Ich freue mich, dass er am Sonntag leiden wird. Leiden und verlieren. Verlieren tut ihm weh. Es ist die einzige Methode, ihn zum Schweigen zu bringen.

Wozu noch leben, es gibt keinen Grund mehr, ich würde die Sinnlosigkeit mit den Hausaufgaben in Mathematik unterstreichen, damit der Vater seine Professorin bekommt, ich werde lange nicht mehr rennen können oder nie mehr, aber es gibt wohl einen Wert des Lebens, der keinen Grund braucht, sonst gäbe es ja viele Tiere nicht. Sie sind ja zum Teil völlig unbrauchbar. Auch Pflanzen, es gibt so viele Pflanzen, die einfach nur grün sind, völlig nutzlos. Die Menschen sind auch völlig überflüssig, alle zusammen, man muss den Menschen schon als Kunst ansehen. Kunst will auch nichts, ist zu nichts gut, hat mein Zeichenlehrer gesagt. Der Mensch meint, er wolle etwas. Aber was kann er denn wollen? Einen schmerzlosen Tod.

Bald sind wir unten und im Spital, sagt der Vater. Und zu Carlo: Ich habe Spiegelei mit Speck zum Nachtessen gehabt, zwei Mal gekotzt, in den Inn und die Clemgia, als ich die Professorin da suchte. Der Vater ist gerannt, wie ich es mir vorgestellt habe. Dann hat er ja seine Trainingseinheit für heute absolviert. Ich auch. Nur das Dehnen habe ich vergessen. Hoffentlich wird man mich schnell wiederherstellen, damit ich mich bewegen kann, Muskeln haben keine Geduld, nach wenigen Wochen werde ich nicht mehr zum Saufen sein. Und auf den Entzug habe ich auch keine Lust.

Am Eingang der Schlucht steht die Ambulanz. Die Türen hinten kommen mir wie Kühlschranktüren vor, die Tiefkühlkost wird zum Auftauen in den Kühlschrank gelegt. Ich will lachen, aber ich bin zu schwach. Während der Fahrt schüttelt es. Ich halte meinen Kopf fest. Das Knie habe ich vergessen. Es fällt mir wieder ein, als ich meinen Vater sehe. Er sagt nichts. Als wir im Spital ankommen, sagt er, ich gehe schnell nach Hause. Wir sehen uns später.

Der ganze Schmerz setzt auf einen Schlag wieder ein, ich stöhne, ein Mann lächelt mich an, es ist der Arzt. Er ist jung und fragt: Wie heißt du? Ich bin Dr. Fanzun, sagt der Arzt. Ich nicke. Er betrachtet mich von Kopf bis Fuß. Da kommt eine Krankenschwester in den Raum. Auch sie schaut mich an, als gebe es in meinem Gesicht etwas zu finden. Sie sagt: Ciao! Ich glaube, sie kennt mich. Der Arzt fasst an mein Knie, das blockiert ist. Er sieht mich an und sagt: Streck das Bein!

Ich versuche es, aber es geht nicht. Er hilft mir, er drückt gegen den Unterschenkel, ich schreie. Der Arzt schüttelt den Kopf und sagt zur Krankenschwester, sie solle mir die Schuhe ausziehen. Sie macht sich an den Schnürsenkeln zu schaffen, aber weil ich meine eigene Technik, die die Technik meines Vaters ist, angewendet habe, ein dicker Dreifachknoten, gestaltet sich das zu umständlich, also zieht sie mir die Schuhe so sanft wie möglich von den Füßen. Der Zug auf das Knie ist groß, ich versuche, nicht zu schreien, es entweicht ein Jammerton wie von einem müden Köter, weit weg von der römischen Wölfin auf der Sänfte.

Dr. Fanzun schaut streng. Er sagt der Krankenschwester, sie solle ihm eine Schere geben. Sie verlässt den Raum und kommt mit einer Schneiderschere zurück, sie ist riesig, wie die, die der Struwwelpeter benutzt, um dem Daumenlutscher Konrad die Daumen abzuschneiden. Diese Schere ist sicher dazu da, Gaze und Pflaster abzuschneiden oder ein Stück Verband, denke ich. Sie sieht sehr kalt aus, als Dr. Fanzun mit der einen Schneide beim Fußgelenk zwischen Haut und Tights fährt und nach einer Pause einen ersten Schnitt macht. Ich werde mein Heiligtum kurz tragen, ich werde das zu einem Statement machen, genau wie Angus Young sein Straucheln über die Kabel zum Statement machte und fortan liegend Gitarre spielte.

Dr. Fanzun schneidet weiter, er wird schneller. Als er beim Knie ist, schaut er mich an und fragt gedehnt: Geht es? Ich sage: Ja. Ich weiß keine andere Antwort. Nun fährt Dr. Fanzuns Schere in einem Zug durchs glänzende Lycra-Gewebe, dabei schaut er in mein Gesicht, seine Augenbrauen stehen hoch. Beim Hüftknochen macht er einen kurzen Halt, um das Hosenbein ganz zu zerschneiden, ich muss an das Wort Kunstpause denken, das Hosenbein klafft auseinander, der äußere Stoff rutscht langsam auf die Liege, ich schließe die Augen, mein Gesicht ist nass geweint, ich renne die Geröllhalde empor, im Rucksack ist Erich Fromm, ich falle einige Male hin, die Hände sind voller Blut, aber ich renne weiter, ich werde leichter, ich bin federleicht, vor mir rennt der kraftvolle und ungestüme Alberto Juantorena, er schaut zurück und sagt: Genau so! Du kannst Alberto zu mir sagen! Er rennt bis auf den Piz Champatsch, ich bin immer dicht hinter ihm, ich kann ihn riechen, er riecht nach einem Parfum mit einem Hauch Tabak, ich bin überrascht, dass er Parfum trägt auf dem Berg, ich will ihn danach fragen, da fliegt Juantorena davon, er hat sich auf dem rechten Bein abgestoßen, das Bein grüßt und verabschiedet alles, was hinter ihm liegt, und er hält die Arme und Hände gestreckt wie Superman, er fliegt nach oben, seine kurze Hose flattert, ich springe ihm nach, das Knie ist hoch, die Schritte nach vorne geworfen, die Arme schießen nach oben, ich trage meine Nike-Tights, an mir flattert nichts, ich bin Superwoman im Windkanal, ich lasse mich fallen wie eine Schwalbe, es pfeift, ich rase nach unten, da nimmt mich Alberto bei der Hand, er zieht mich hoch, er sagt: Genau so! Und wir fliegen gemeinsam Runden um den Berg. Ich sehe die Edelweiß, die ich gepflückt habe, sie sind wieder da. Ich würde wieder alle nehmen. Danke, Alberto, sage ich.

Da spüre ich auf der rechten Seite die Schere am Bein, die Krankenschwester hat sie behändigt. Während ich die Augen geschlossen hielt, muss der Arzt ihr ein Zeichen gegeben haben, die Krankenschwester ist sehr konzentriert, sie versucht, ihre Arbeit gut zu machen, die Schnitte sind gleichmäßig und suchen den Weg, den Dr. Fanzun ihr vorgemacht hat, ihr Chef ist mit gutem Beispiel vorangegangen, sie ist eine begierige Schülerin, sie perfektioniert den Weg vom Fußgelenk zur Taille, sie braucht keine Pausen, während ich an meinem Laufstil arbeite. Juantorena ist mein Lehrer, er verrät mir alle Geheimnisse, die er vorher selber nicht kannte, jetzt fällt ihm alles ein, und er sagt mir klipp und klar, dass die Theorie mit der Pfotenhand eine Schnapsidee des Vaters und seines Freunds Carlo ist und dass ich die Hände niemals so halten solle, weil es zu unterwürfig wirke, du bist ein Pferd wie ich, du hast Hufe, komm! Ich renne jetzt vor ihm her, und er ruft: Genau so! Immer genau so! Vergiss niemals, was ich dir gesagt habe, du bist kein Mangoschaum, du bist kein Floh, du bist ein Pferd!

Ich sehe, der Schnitt der Krankenschwester ist tadellos, und mein Laufstil ist es auch, er ist in Harmonie mit dem Tal, mit meiner Atmung und mit meinem Leben. Da zieht Dr. Fanzun die Stofffetzen unter mir weg. Das weiße T-Shirt schiebt er etwas nach oben, dann sagt er zur Krankenschwester, sie solle eine Spritze vorbereiten. Valium, sagt er. Ich weine und renne, da drückt Dr. Fanzun auf meinen Unterschenkel. Als die Krankenschwester den Raum verlässt, drückt er stärker. Meine Haut ist weiß. Meine schwarzen Schamhaare sind niedergedrückt, es sieht aus wie eine Wiese nach dem Regen. Da kommt die Krankenschwester zurück und gibt mir eine Valium-Spritze. Ich rufe nach Juantorena, er ist noch da, er hält meine Hand, jetzt drückt er sie. Es wirkt. Die Glieder werden schwer und auch der Mund. Dr. Fanzun versucht, mein Knie gerade zu bekommen, aber es geht nicht. Er hört trotzdem nicht auf, ich sehe meine Tights auf dem Boden liegen, und ich spüre Dr. Fanzun.

Wo ist die Schere? Die Krankenschwester hat sie auf der Höhe der Taille liegen lassen. Juantorena reicht sie mir. Danke, Alberto, sage ich.

Später würden wir miteinander im Gleichtakt weglaufen. Nach Kuba.

Mein Leben im Schnee

Die Schneehasen von *sar* Göri hängen tot vor der Garage. Vier Stück. *Sar* Göri ist der Nachbar, der sich irgendwann mit der Flinte ins Gesicht schießen wird, er hat eine Ausstülpung auf dem Kopf, daneben ein Loch, das mich fasziniert, nach dem Unfall auf der Kreuzung nimmt er Antabus. Sein Hund heißt Lara. Es ist ein Jura Laufhund. Lara hat drei Junge. Ich bin der einzige Mensch, der die Welpen anfassen darf.

Wenn ich heute einen Jura Laufhund sehe, werde ich klein, sehr klein, es ist Herbst, es ist Jagd, *chatscha,* von Schnee keine Spur. Ich aber warte auf Schnee, ich warte sehnsüchtig auf Schnee, weil meine Eltern sehnsüchtig auf Schnee warten, ich bin traurig, weil meine Eltern traurig sind. Jedes Jahr denken sie, der Schnee kommt nicht. Das Geschäft voller Skis, Bindungen, Mützen, Helme, Stöcke und Wachs, aber kein Schnee. Das ganze Geld liegt im Geschäft und kein Schnee. Wir sind verloren.

Schneeweißes Haar trägt die Frau aus Scuol suot auch im Sommer, dazu die Tracht von *donna* Lupa, bodenlang, aus feinem Wollgarn, schwarz, mit Kopftuch, ohne Mieder.

Jeden Tag kommt sie von *Chantröven* wie eine Norne aus
den germanischen Sagen, an der Kirche vorbei hinauf an
die Hauptstraße, die *via maistra,* und kauft in der Bäcke-
rei meines Paten Schwarzbrot, ein halbes Pfund.

Das lange Haar meiner Großmutter ist auch schneeweiß,
ich stehe hinter ihr, heute ist sie bei uns zu Besuch. Es ist
das letzte Mal. Sie massiert die Kopfhaut mit Haarwasser,
dann flicht sie einen langen Zopf, so dick wie ein Bleistift. Es riecht nach Zitrone und Essig im Bad.

Wo hat die Großmutter bloß geschlafen? Im Gang? Da ist
kein Platz für ein Bett. In meinem Zimmer? Da ist mein
Bruder. In der Stube? Wahrscheinlich in der Stube. Aber
meine Eltern besitzen keine Extramatratze, und das Sofa
ist für meinen Vater reserviert. Da darf meine Großmutter bestimmt nicht schlafen. Wahrscheinlich hat sie die
ganze Nacht im Bad gestanden. Wahrscheinlich hat sie
die ganze Nacht die Kopfhaut massiert, das Haar gekämmt, den Zopf geflochten.

Das Haar meines Vaters ist schneeweiß, als Herr Ruckstuhl es abschneidet. Herr Ruckstuhl ist zu uns nach
Hause gekommen, mein Vater will nicht gesehen werden,
vielleicht hat er Angst, dass die Leute ihn nicht mehr er-
kennen. Nach der Bestrahlung sind die Haare weiß geworden und büschelweise ausgefallen. Herr Ruckstuhl
schneidet sie kurz, zuerst mit der Schere, dann mit dem
Apparat, mein Vater sitzt auf dem Schemel im Gang, ich
hebe zwei Büschel auf und frage mich, warum das kleine

vergitterte Gangfenster fast unter der Decke einen Vorhang braucht. Man kann weder im Gang schlafen, noch erwarten wir je Gäste, die sich mit einem Blick durch das Fenster anmelden. Wir schauen nicht aus dem Fenster, nicht aus diesem, wir schauen aus gar keinem Fenster. Überall Vorhänge.

Mein Vater baut nie einen Schneemann mit mir, er hat keine Zeit, er muss Ski fahren, er ist ein grandioser Skifahrer, ich sehe ihn am Hang, ich bin schon unten, in der Senke beim Skilift von *Clünas,* er ist oben, ein Kurzschwinger von Gottes Gnaden, ich platze vor Stolz. Mein Vater fährt anders als die anderen, besser, ein ehemaliger Nati-B-Fahrer, war mit Sprecher in der Mannschaft, und mit dem Gründer einer schrillen Modekette, der jetzt, über siebzig, mit bekifften Siebzehnjährigen rumhängt. Mein Vater ist auch mit einem vertrottelten Anwalt in der Mannschaft, den er nicht mag, aber er erwähnt ihn von Zeit zu Zeit, weil jeder Mensch mit zwei, drei Akademikern bekannt sein will.

Mein Vater und seine Rennkollegen können nicht anhalten, ohne einen Skilehrer anzuspritzen; von oben bis unten weiß müssen die Skilehrer sein, Schnee im Maul, sie müssen sich schämen vor ihrer Klasse, wenn ein Rennfahrer vorfährt, weil sie Geld nehmen für ihre Balance. Sie taugen nicht zum Rennfahrer. Sie taugen zu nichts.

Köbi ist Skilehrer. Die Halbschwester meines Vaters heiratet Köbi, den Skilehrer, der jetzt Onkel Köbi ist. Er ist

Verkäufer bei der Migros in Winterthur, er verkauft Skis von der Migros, die heißen Alpin. Onkel Köbi lebt in der untersten Schublade unseres Universums aus Schnee.

Die Fahrten abseits der Piste führen nicht immer hinter den Schneehügel bei *Prui,* wo ich in Ruhe meine Handschuhe abstreife, auch die Fahrten ganz nah beim Skilift sind nicht immer erfolgreich. Aber schauen tun sie alle, und die Fahrten neben dem Skilift machen schnell, trotz oder wegen der Schneebrocken, die Fahrten machen wendig, die Schwünge sind rund, sie werden runder mit jedem Lauf, der Körper legt sich in die Kurve, Druck, umsteigen, der Stockeinsatz als Andeutung, der Körper streckt sich wohlig. Die Haare im Wind, die Mütze in der Tasche. Auch die Sonnenbrille ist in der Tasche. Schneeblindheit gehört zum Winter.

Niemand kommt in ein Schneebrett, das würde sich gut machen, ich weiß, aber niemand, den ich kenne, kommt in ein Schneebrett. Einige fallen beim Bergsteigen in die Tiefe. Aber das ist nicht das Thema.

Mein Vater erzählt vom Lawinenwinter 1951, wie er und seine vielen Schwestern aus dem zweiten Stock steigen, weil der Schnee so hoch liegt, sie spielen mit dem Tod, als sie kopfvoran von den Bäumen springen und im Schnee stecken bleiben, mein Vater erstickt um ein Haar. Wenn er das erzählt, lacht er sehr laut. Und dann erzählt er noch, wie sein Bruder einen Schlitten gebaut hat, den der Hund zieht, ein weißer Spitz.

Ende März, Anfang April wollen die Kinder *ir a smedas*. Der Schnee ist bis zum Mittag hart, er trägt die Kinder, ihre Schlitten. Sie gehen a smedas. Wenn der Schnee trägt, ist Frühling.

Meine Mutter erzählt die Geschichte von Schneewittchen, drei Tropfen Blut fallen in den Schnee, das Lachen der Königin ist grausam, ich will meine Lieblingsgeschichte nicht mehr hören. Meine Mutter erfindet Frau Huber; die lacht wie die Königin, aber Frau Huber ist keine Königin, sie ist eine Bäuerin, es ist nicht mehr so schlimm für Schneewittchen, und ich lasse mir die Geschichte weiterhin erzählen.

Ich lese das Märchen von Schneeweiß und Rosenrot, ich träume in der Nacht einen Bärentraum. Ich treffe einen Braunbären neben der Clozza hinter dem Spital, hinter dem Felsen in einer Mulde. Es blühen wilde Rosen, aus denen es dann Hagebutten gibt und Konfitüre. Die Rosen blühen, ich stehe mit dem Rücken zum Bären. Der Bär kommt, zieht mich aus und legt sich auf mich. Und ich will, dass das nie mehr aufhört, bis ich aufwache. Ich weiß: Dem Bärentraum werde ich mein ganzes verbleibendes Leben nachtrauern.

Am Fenster meines Schreibzimmers wachsen Schneeblumen, ich lasse sie stehen.

Als ich bei Schlivera im Schnee liege, habe ich Schmerzen. Große Schmerzen. Der Deutsche, in den ich verliebt bin, reist am nächsten Tag nach Krefeld ab. Dort spielt er Landhockey und spricht mit deutschen Mädels.

Karneval. Auf dem Eisplatz im Trü bin ich Frau Holle, mit Mehl im Haar, es ist mehlweiß, das schneeweiße Haar. Mevina und Madlaina: Goldmarie und Pechmarie. Wir halten uns bei den Händen für das Foto. Ich trage die Schlittschuhe meiner Mutter. Sie sind ungefüttert, ich friere an den Zehen.

In einem Schneeball, den Martin bis über die neue Turnhalle Quadras wirft und der mich am Kopf trifft, steckt ein gelbes Wunderei, darin ein Plastikring und Plastikohrringe in Weiß, Rot, Gelb. Martin will mit mir gehen, er will, dass ich seine *marusa* bin. Ich sage Ja. Wir spielen im Garten bei *Plaz*, hinter dem Volg, den seine Mutter führt. Wir bauen ein Iglu.

Die Liebe in sich hineinschneien lassen, das Leben einschneien lassen, sich einschneien lassen, der Erfrierungstod sei ein schöner und schmerzloser. Warum erschießen sich Menschen, wenn sie sich einfach einschneien lassen können?

Ich beschneie dich, ich schneie dich ein, ich bedecke dich mit meinem Schnee, du musst sterben unter mir, ich gebe dich nie mehr her.

Die Coolen fahren im Pulverschnee. Ich bin nicht cool, andere finden, ich bin cool, weil ich nie im Pulverschnee fahre. Sie meinen, ich fahre nicht im Pulverschnee, weil ich zu cool dafür bin. In Wahrheit kann ich es einfach nicht.

Mein Deux Chevaux rutscht auf der versteckten Eisbeule bei Susch fast in den *En*. Der Lebensfilm ist schon durch, als der zerdrückte Wagen zum Stehen kommt. Bei Seewis kollidiere ich im nächsten Winter wie durch ein Wunder nicht mit dem dunklen VW-Golf. Jahre später stürze ich bei Ardez im Januar im Subaru nicht das Loch runter, obwohl ich es verdient hätte. Im Februar vor einem Jahr überschlägt sich das Auto. Ich habe nur zwei Kratzer an der linken Hand. Es spricht alles für die Unfälle und nichts für mich.

Ich lege mich freiwillig in den Schnee. Auf dem Julierpass ziehe ich den Mantel aus und lege mich in den Schnee, dann ziehe ich den Mantel wieder an und gehe zurück ins Auto, ich fahre nach Chur ins Rätische Museum.

Ich werde wahrscheinlich einmal im Auto sterben. Im Winter.

Sar Cla-Duri ist Lehrer der dritten und vierten Klasse. Er sagt zu Corina, deren Vater immer betrunken zu Hause liegt: So, du blindes Schneehuhn. Corina muss von Zeit zu Zeit ihr Brillenglas verkleben. Schielt sie? Ich weiß es nicht. Sie ist blond und hübsch, sie lacht häufig. Ihre Zähne sind die weißesten der Klasse. Jahre später höre ich, Corina habe versucht, sich umzubringen. Ich glaube, der Lehrer ist schuld. Zum Glück ist er tot.

Ich frage den, den ich liebe, welches Tier sein Begleiter wäre, dürfte er wählen. Er sagt: ein Leopard. Ich will einen schwarzen Panther neben mir. Also muss sein Tier ein Schneeleopard sein. Als Paar, das mit Leoparden spaziert, kann uns nichts passieren. Und so kommt es auch. Es passiert uns nichts. Wir trennen uns.

Pangrond. Großes Brot. Ein alter Brauch im Dorf. Am Stefanstag kommen die Buben mit den Schlitten. Die Mädchen wählen. Das Mädchen reicht dem Schatz ein Birnbrot. Die Geschichte vom Brot und der Liebe in Scuol suot. Bezzola schrieb sie, ich las sie. Ich las von der Schneeflocke, die auf den Lippen der Liebenden schmolz.

Die Schlittenfahrt von Preda nach Bravuogn. Es ist Nacht, alles wirbelt, wir sind allein, wir fahren nicht lange auf dem Weg. Das Schneegestöber, Küsse unter Schneekronen, kalte Hintern.

Das Kind schlägt Eiweiß zu Schnee.

Was ist weiter entfernt von Schnee als ein Feuersalamander? Das Kind möchte kein Mensch sein, sondern ein Feuersalamander.

Ich hingegen träume von einem Gecko, der reden kann. Er gleicht einem Feuersalamander, ist aber tintenblau. Der Traum befiehlt, das ist ein Gecko. Der Traum sagt, hättest du einen solchen Gecko, du wärst glücklich. Aber ich kann keinen solchen Gecko haben. Wie soll er den

Winter im Engadin überstehen? Deshalb werde ich nie glücklich.

Ich sitze auf dem Pistenfahrzeug, lockere mein Mieder, dann meinen Haarknoten und fahre los wie eine Wildsau, über alle, die mich nicht grüßen.

Schneeglöckchen. Ob sie einst läuten werden? Ich habe es mir immer gewünscht und die Schneeglöckchen mit den Maiglöckchen verwechselt, den Lieblingsblumen meiner Mutter. Das erste Parfum, das mein Vater mir kauft, ist das Maiglöckchenparfum von Dior. Ich trage es noch heute. Dazu kommt das Rosenwasser von Cartier.

Ir aint illa naiv, in den Schnee gehen, heißt vögeln.

Mein Leben riecht nach Schnee.

Im Ristorante

Der Schmetterling ist früh dran. Ein Tagpfauenauge.
Wenn dich ein Auge anschaut, bist du gerührt. Vor allem
im Keller. Im Halbdunkel siehst du ein Blumenauge mit
der Kraft eines Pferdeblicks. Das Auge am Weingestell
zittert. Der Schmetterling hat sich in einem Spinnennetz
verheddert. Es ist März. In der Kohlrabatte steckt noch
der Weihnachtsbaum mit den drei Lamettastreifen an
einem Ast. Der Wind bläst durch die Ritzen in den Keller.
Die Kühltruhe brummt. Auf den Bergen liegt Schnee.
Das Tagpfauenauge kommt zu früh. Ein Bein fehlt, sagt
das Kind, das plötzlich neben dir steht.

Das Kind sagt: Wir müssen den Schmetterling retten,
ich höre sein Herz, es schlägt langsam, der Schmetterling
muss nach oben, Mama, er muss ins Haus, legen wir ihn
aufs Bett im Gästezimmer, dann wird er schnell gesund,
im Mai lassen wir ihn fliegen, sein Auge spiegelt sich im
Fluss, wenn es warm ist, das Auge im Fluss schaut in den
Himmel, der Himmel liebt die Schmetterlinge, sie sind
die Lieblingstiere Gottes, weil sie keine Tiere sind, es sind
Seelen, Schmetterlinge sind Seelen. Aber wo ist das Bein,
fragt das Kind. Die Spinne wird es gefressen haben. Wo

ist die Spinne, fragt das Kind. Weg. Sie hat gefressen, sie ist gestorben. Geschieht ihr recht, sagt das Kind.

Ob die Spinne noch lebt, die im italienischen Frühling des letzten Jahres über dem riesigen Steak mit Knochen, das sie *Fiorentina* nennen, ein langbeiniges Insekt zerlegt hat? Sie tat es über dem Stück eines Rinds, das bis vor Kurzem mit anderen Rindern im Piemont gelebt hatte, ein kastrierter Bulle, er war auf der Weide erschossen worden. Sein Fleisch war optimal abgehangen.

Ein Bein nach dem anderen riss die Spinne ohne Hast aus dem schlanken Insektenkörper und transportierte die Extremitäten mit den vorbereiteten Bruchstellen ab, wie erstarrtes Nähgarn, in den entlegensten Winkel der unsichtbaren Falle. Dort hingen die Beine, eines neben dem anderen. Sie schaukelten versetzt.

Einst stakste das Insekt auf den schaukelnden Teilen im Gras umher. Im Garten vor dem Ristorante mag die Schnake gelebt haben, zusammen mit den anderen Schnaken.

Die Flügel hielt das todgeweihte Insekt in seiner Verwicklung wohl still, schräg nach hinten schauten sie, es wirkte schutzlos, als hätte es aufgegeben. Wie war das, wenn Tiere aufgaben? Der starke Zug der Spinne brachte Netz und Opfer in groteske Schwingung. Bewegten sich die Flügel doch?

Vielleicht war es ein Weibchen. Wäre das tragischer? Die Engländer widersprechen, sie nennen die Schnake *daddy long-legs,* Vater Langbein. Ein Vater wurde da seiner langen Beine beraubt, eine Langbeinmücke. Eine Mücke ohne Stachel, der Mund weich und rein. Wasser und Nektar sind ihre Speise. Trotzdem ein hässliches Ding. Wer will sich den Appetit verderben? Die Schnake musste weg. Egal wie.

Heute war es die Spinne, die sie beseitigte. Morgen wäre das Insekt vielleicht totgeschlagen worden oder zerdrückt vom Kellner, das Insekt, das sie in Deutschland auch Hexe nennen oder Schneider, Keilhaken, Mückenhengst, Kothammel. Warum hatte dieses Insekt so viele Namen? Namen zum Leben und Namen zum Sterben. Wenn einem Kothammel die Beine einzeln aus dem Leib gezogen werden, ist das bedauerlich?

Du schnittest dein riesiges kurz gebratenes Steak in kleine Stücke und schautest nach oben. Die Spinne hatte sich am ersten Bein zu schaffen gemacht. Solltest du mit dem nächsten Bissen warten, bis die Spinne wieder zöge, und dann, auf dieses Schauspiel abgestimmt, in schönem Rhythmus das blutige Fleisch in weiteren Happen zerkauen, dir immer synchron den nächsten Bissen genehmigen? Das Gemüse bliebe liegen. Die Spinne würde es mindestens sechs Mal tun. Die Antennen nicht eingerechnet. Zwischen den Amputationen lagen im Schnitt zwei Minuten, dein Stück der *Fiorentina* wog 500 Gramm, das wären an die 20 Bissen, Portionen à 25 Gramm. Das machte Sinn.

Du sollst dich nach dem richten, was ist. Das Beste daraus machen. Die Anpassung vollziehen. Aushalten, was nicht zu ändern ist. Würde das gebührend honoriert, wenn zum guten Schluss der Torso der Schnake in die Blutlache auf den Teller fiele? Was sollte dann damit geschehen? Müsste der Kothammel erlöst, totgeschlagen, zerdrückt werden? War das der Preis für die Wahrheit? Du wolltest ihn dann doch nicht bezahlen. Hast den Rest der *Fiorentina* auf dem Teller gelassen, bist auf die Toilette gegangen, schriebst eine SMS nach Hause: Ich freue mich auf die Heimfahrt; das Meer und die Vogelschwärme unter den Wolken stimmen mich trüb.

Ob die Spinne im Ristorante noch lebt?

Das Tagpfauenauge wird sterben, noch vor dem Abend. Es ist erst März.

Halt auf Verlangen

Spinas: Halt auf Verlangen. Spinas: Fermeda sün dumanda.
Spinas: Stop on request.

Fermeda sün dumanda. Das ist Maras tiefe Sprechstimme, die Theo aus dem Lautsprecher der Rhätischen Bahn angurrt. Unverkennbar. Theo erstarrt. Er sieht Mara. Wie sie lächelte. Er sieht die blonde Haarsträhne in ihrem breiten Gesicht. Ihre Hand streicht sie nicht nach hinten, Mara hatte nie einen Hang zur Kontrolle. Sie kaut an der Strähne, sie schaut Theo an, während sie ihren Text wiederholt: Halt auf Verlangen.

Was soll das? Warum dieses Bild? Sie hat ihn sitzen lassen, damals. Und jetzt dieser Hinterhalt. Sie ist auf der anderen Seite des Paravents, und er kann nur ihre Stimme hören. Sie lockt ihn mit einem Halt auf Verlangen, hat aber nicht vor, zu ihm zu kommen. Nie mehr. Oder?

Theo hört Mara lachen, sie lacht laut. Ihr ist egal, dass Theo Zug fährt und sie sich kennen. Ihr ist egal, dass er nicht glauben kann, dass sie plötzlich hier ist, dass es schmerzt. Selber schuld. Ihre weiche Stimme fließt weiter aus dem Lautsprecher in den staubigen Samtüberzug der Sitzbank, ins Brandloch, die Stimme tropft auf Theos Hemd, wie kühlender Schlagrahm ergießt sie sich in die überhitzten Eingeweide der Kleinen Roten, die Rhätische Bahn in der Landschaft des Albula, UNESCO Welterbe seit 2008. Dunkle Stimmen sind Theos Welterbe, seit es Frauen für ihn gibt. Mara war sein Weltwunder.

Freitagnachmittag, Mitte Siebzigerjahre. Der Schulabwart mit den verschmierten Brillengläsern und dem Bürstenschnitt, der nach Reis mit Erbsen und wenig Hackfleisch aussah, zog endlich ab, den Besen in der einen Hand, in der anderen ein Paar Kindergummistiefel.

Theo hatte sich hinter der Toilettentür versteckt und dann bis zum Ende der Mädchenturnstunde in der frisch geputzten Bubengarderobe ausgeharrt, unter der Neonröhre, auf dem Boden aus Linoleum, braun wie Milchschokolade, an der Wand die orangen Kacheln, die nach Desinfektionsmittel rochen, ein halb offenes Fenster weit oben, Duschen, ein fixierter Paravent mit Metallfüßchen. Auf der anderen Seite: die Mädchen.

Bald.

Theo legte sich bäuchlings auf den Boden und klappte blitzschnell den militärgrünen Teleskopspiegel auf, das *Gimmick*, das jeweils am *Yps*-Heftchen klebte, das Gimmick, das Jungs zu Forschern machte, zu Wissenschaftlern, zu Agenten, zu Spionen, zu Männern, das Gimmick, das einen Blick in die große weite Welt freigab, mit Speziallupen oder einem bunten Briefchen voller wundersamer Eier, aus denen im leeren Essiggurkenglas echte »Sea-Monsters« schlüpften, durchsichtige Minikrebse, sie fraßen einander auf, ein paar blieben übrig und krepierten. Oder das Spezialsalz, auf einen Stein aus dem Garten verteilt und mit wenig Wasser benetzt, wuchs es über Nacht zu einem glitzernden Kristall, von einem Bergkristall nicht zu unterscheiden, der Lehrer hatte sich von Theos Kumpel damit foppen lassen.

Theos Kumpel holte sich das Yps-Heftchen mit dem begehrten Spielzeug am Kiosk. Theos Schwester, die Taschengeld bekam, hatte sich vor ein paar Wochen auch eins geholt und Theo abends das Heftchen in die Hand gedrückt. Das Gimmick, das Jungs zu Forschern macht, war aber sofort in ihrer heiligen Blechschachtel verschwunden.

Theo hatte den Spiegel aus der Blechschachtel gestohlen, sie lag in der Schublade. Das Ornament aus verschlungenen Stechpalmen blätterte ab, Theo strich die bunten Metallfetzen vorsichtig von seiner Hand in die Hosentasche und hob den Deckel.

Wenn der Spiegel am Sonntagmorgen wieder in der Schachtel lag, neben dem Herzanhänger und dem schneeweißen Kiesel, neben zwei Murmeln, dem kaputten Füller und der Papierblume, würde sie nichts merken, denn sie kontrollierte ihre Schätze nur am Sonntagabend vor dem Beten. Sie tat das vor den Augen ihres Bruders, der bis nach dem Café complet, um 17 Uhr, betteln würde, den Teleskopspiegel einmal berühren zu dürfen. *Nur kurz! Bitte, bitte! Nur kurz! Ich mache, was du willst.* Die Schwester schüttelte jeden Sonntagabend den Kopf und lächelte. *Nein,* sagte sie, *du bist zu klein.*

Theo lag auf dem Duschboden und hielt den Teleskopspiegel ans rechte Auge. Theo sah viele Füße. Manche Füße schienen aus Holz, mit Sohlen steif und gelb wie Käserinde, sie stanken, das war klar, sie traten hart und fordernd auf, als brüllten sie Kommandos, kein Schuh der Welt könnte das jemals kaschieren. Unscheinbare Füße waren auch da, blass und geruchlos, von unbestimmter Größe, eher länglich. Sie konnten zu irgendeinem Mädchen gehören, dem Milch so lieb war wie Sirup, das Blusen trug oder Pullover, in Blau oder in einer anderen Farbe, und das in immer gleicher Tonlage sprach, ob vom Reiten oder vom Tod des Vaters.

Theo hielt den Teleskopspiegel ans linke Auge und sah zwei kleine Füße, wie gepolsterte Kissen waren die, in der Farbe ihrer erröteten Wangen, auf diesen Füßen balancierte seine Poppa mit der blonden Locke im Gesicht, Mara Stupan, die Tochter des Metzgers auf Craista. Sie saß zwei Bankreihen weiter vorne, in der Pause spielte sie Gummitwist, er sah ihre Füße, die in goldene Pantöffelchen gesteckt, getragen, geküsst und massiert gehörten oder gekitzelt, bis es ein bisschen wehtat.

Über Füße und Füßchen flog eine Stimme. Sie flog zu Theo. Die Stimme war mächtig, sie legte ihren tiefen Ton um Theos Hals wie einen angenehm umhüllenden Schal, sie kroch langsam und warm in Theos Schoß. Es war die Stimme der Lehrerin.

Seraina, tü est üna vaira baderlunza.

Mengia, vainst davo, fa il bain, svelt nan pro mai?

Ursina, che at manca, chara?

Carlina, fa prescha!

Sidonia, ingio hast miss il pettan?

Anna Mazzina, tira't aint, a la fin!

Mara Stupan!

Sie sprach zu den Mädchen. Sätze, die allesamt bei Theo landeten, er fing sie auf und trank sie aus.

Fat prescha poppas! Trar aint, dai, dai! Die Mädchen
sollten sich beeilen und sich anziehen. Sie sollten sich
kämmen. Sie sollten sich lösen von diesem Moment der
nackten Füße auf kühlem Grund, ihr Blick sollte sich lö
sen von der weißen Haut der anderen Mädchen. Die Mädchen sollten sich vertrauensvoll in die Welt der Gefasst-
heiten, des Auswendiglernens, der Ordnung begeben.

Theo konnte sein Glück nicht fassen. Er legte sich auf
den Boden und weinte in die glatten Kachelkaros, seine
Tränen vermischten sich mit seinem Speichel, der Speichel und die Tränen vermischten sich mit dem Desinfektionsmittel. Die Stimme der Lehrerin wanderte über seinen Rücken, deckte ihn zu und verflog.

In die Stille trat der Turnlehrer in der engen weißen
Hose mit den drei schwarzen Streifen und dem FC-Bay-
ern-T-Shirt, er bückte sich und verpasste Theo zwei Ohrfeigen, dass es bis in den gebohnerten Gang knallte und
durch das Haus bis zum Giebel. Heute wirft die Felswand
über dem Dorf den Knall zurück, ins überhitzte Abteil
der Kleinen Roten. Theo erschrickt. *Fermeda sün dumanda,* sagt sie. Er sieht ihre zarten Füße. Er sieht ihr Haar.

Theo, hörst du die Stimme? Es ist Maras Stimme. Sie
fließt in dein Abteil, in den Samtüberzug und in deinen
Kopf, sie spricht vom Anhalten, sie will, dass dich die
kurze Tunnel-Nacht bei Spinas ausspuckt, dass du endlich aufwachst, auf den Knopf drückst und aussteigst,
ins Dämmerlicht trittst, in die gottverdammte blaue
Stunde. Vergiss deinen Termin in St. Moritz! Vergiss das
Geschäft! Vergiss deine Frau, die Kinder, das Haus, die
Nachbarn! Vergiss die Steuerrechnung! Vergiss die Ohr-

feigen! Denk an den Teleskopspiegel! Er war das Werkzeug eines Zauberers. Ein Instrument zur Schulung von Auge, Ohr, Schoß und Herz.

Die Lautsprecherstimme will, dass du ihr folgst. Du sollst zu ihr, weil sie zu dir will. Sie will dich. Die Stimme kommt aus einem großen, schönen Mund, du kennst ihn, langsam fließen die Worte zwischen seinen Alpenrosenlippen hindurch, wie ein träger, warmer Strom aus gezuckertem Schlagrahm. Die Tropfen fallen regelmäßig, im Takt deiner Swatch. Der Countdown läuft. Theo. Sei nicht feige! Wach auf! Drück auf den Knopf!

Mara will, dass du im Gasthaus *Val Bever* den Bündnerteller für 28 Franken bestellst, die große Portion mit hausgemachtem Birnbrot und viel Butter, wie damals. Sie will, dass du ins Bündnerfleisch beißt und daran reißt, als wäre es das Fleisch des zarten Arms der Sprecherin, in die Innenseite, oberhalb der Armbeuge, um das tätowierte Sternchen mit dem *Th.* in der Mitte, das Sternchen und sein Hof wollen traktiert werden, dahin sollst du beißen, Theo. Die Sprecherin will, dass du das Birnenstück mit Zunge und Zähnen aus dem Teig löst, es auf die Hand legst und betrachtest. Sie will, dass du das Birnenstück mit Butter bestreichst und es so lange liegen lässt, bis die Butter weich ist. Dann sollst du sie per Google suchen, und wenn du sie nicht findest, rufst du Sidonia an, die immer alles weiß, sie hat auch die Adresse von Mara, und dann rufst du Mara an und fragst, ob sie sich an Spinas erinnert, und natürlich erinnert sie sich, und dann fragst du, ob sie nicht nach Spinas kommen will. Sie fragt: Jetzt? Und du sagst: Ja, jetzt. Gleich. Und sie sagt:

Gut, ich komme. Das Miststück würde kommen an den Ort, den ihr geliebt habt. Das ist sie dir schuldig.

Der Halt kommt auf dich zu, Theo, du weißt es, du weißt, was du tun könntest, was du tun musst, das Wissen hat sich zwischen deine gekachelten, desinfizierten Gedanken gesetzt und lacht dich aus, lauter und lauter hallt das Lachen in dir. Es ist viel schlimmer als die Ohrfeigen von damals. Du hättest mehr verdient. Zehn, zwanzig. Knallharte Ohrfeigen. Folge der Stimme, die die Stimme deines Hungers ist und deines Zorns, Theo, folge dem Bündnerfleisch, folge dem Ruf, den du kennst seit dem Freitagnachmittag in der Garderobe. Folge dem Freitagnachmittag! Folge den Füßchen! Komm schon! Drück auf den Knopf! Drück endlich! Du sollst den Zug anhalten, der Halt *Spinas* ist vorgesehen, er liegt auf der Strecke, Theo. Du tust nichts Unrechtes, im Gegenteil, du tust das, was alle tun sollten zwischen vierzig und fünfzig: in Spinas aussteigen und Bündnerfleisch essen mit hausgemachtem Birnenbrot, weiche Butter darauf. Und dann entscheiden, wohin die Reise geht.

Theo steht auf, alle Glieder schmerzen, sein Herz rast, ein Pfeifen ist im Kopf, auf der Höhe der Ohren, er streckt sich, drückt das Fenster herunter und hält den Kopf in die kühle, trockene Luft des Albula-Tunnels. 1823 Meter Scheitelhöhe. Der höchstgelegene Alpendurchstich Europas. Das ist seine Luft. Seine Lunge kennt sie. Sein Haar kennt sie. Er war lange nicht mehr hier. Er war lange nicht mehr auf der anderen Seite. Auf seiner Seite.

Theo zieht sein dunkles Jackett an, die schwarze Tasche aus Büffelleder und den Pilotenkoffer lässt er auf der Gepäckablage liegen, er braucht nur iPhone und Portemonnaie. Theo taumelt durchs Abteil, reißt an der Schiebetür, für die strickende Dame scheint das Geräusch aus dem Nichts zu kommen, sie erschrickt, wird bleich, schaut Theo streng in die Augen, sie schüttelt den Kopf und strickt weiter an einem Säuglingskäppchen aus lindgrünem Garn. Die Arbeit lohnt nicht in dieser Farbe, denkt Theo.

Theo steht hinter der Schiebetür und drückt mit dem Daumen auf den grünen Knopf. Es muss der richtige Knopf sein, denn es ist der einzige. Er drückt nochmals. Theo wartet. Er sieht seinen Blutkreislauf, er ist unterbrochen, die Beine füllen sich mit Blut, weiter oben ist alles leer. Nichts passiert. Der Zug fährt an Spinas vorbei, er fährt weiter durch das Val Bever. Rechts die Acla Jenny. In diesem Hüttchen wohne der Samichlaus, hatte seine Mutter gesagt. Oben die Crasta Mora. Wie die dunkle Krone einer Riesin sitzt sie über dem Tal. Schon sieht Theo die ersten Häuser von Bever. Der Zug fährt an der Lataria Engiadinaisa vorbei, Theo denkt an die köstlichen Joghurts, an die köstliche Milch der höchstgelegenen Molkerei Europas. Der Zug fährt vorbei an der Rätia Energie, er beschleunigt. Theo steht immer noch da. Er drückt auf den grünen Knopf.

Ein gewaltiger Ruck geht durch Theos Körper, er verliert das Gleichgewicht, schlägt sich die Stirn an, er sieht die Ohrfeigen kommen. Es knallt.

Der Zug steht. Ein Kind weint. Theo hockt auf dem Boden. Das Blut ist wieder überall. Die Schwäche ist vorbei. Der Kondukteur informiert, dass ein Hund an die

Schiene gebunden war. Die Rechnung des Halters, der das Tier kostengünstig loswerden wollte, scheint aufgegangen zu sein. Das Kind weint lauter. Der Kondukteur beruhigt die Fahrgäste. Nicht mehr als zehn Minuten Verspätung. Gut, denkt Theo, Glück gehabt. Er würde rechtzeitig zu seiner Sitzung kommen. Wozu Menschen fähig sind, denkt Theo, und schiebt die widerspenstige Tür zum Abteil auf.

Che confusiun!

Ich kann links und rechts nicht auseinanderhalten.

Wenn ich wissen muss, wo rechts ist, simuliere ich einen Handschlag, murmle Allegra oder Grüezi, eine Angewohnheit aus Kindertagen. Die rechte Hand ist meine grüßende Kinderhand. Sie weiß, was zu tun ist. Wenn ich wissen muss, wo links ist, könnte ich den Handschlag simulieren und im Ausschlussverfahren die linke Hand ermitteln. Ich aber schaue auf beide Hände. Auf der einen Hand ist ein Tintenklecks, der sagt: Ich bin links. Ihn verdanke ich Reto, der vor 35 Jahren einen roten Pelikan-Füller nach mir warf und den Handrücken mit einem kleinen Tolggen tätowierte, wie um die Schreibhand zu markieren. Ich aber schrieb mit rechts. Deshalb ist die linke Hand meine paradoxe Sudel-Hand aus der Pubertät. Seit es Laptops gibt, schreibt sie zusammen mit der Kinderhand. Sie einigen sich gerade auf diesen Text. Sie einigen sich darauf, mit den Bergen anzufangen, die mich die ersten zwanzig Jahre meines Lebens umgaben. Sie waren groß, so groß, dass links und rechts keine Rolle spielte.

Wenn man im Unterengadin flussabwärts schaut, sind die einen Berge links, die anderen rechts. Wenn man flussaufwärts schaut, ist es umgekehrt. Ich bevorzugte keine Seite, ich bevorzugte die Namen und die Form der Berge, die Haus- und Schicksalsberge waren oder gewöhnliche Berge. Wenn ich nach oben schaute, sah ich den Himmel. Mit den Füßen stand ich auf afrikanischer Erde. Ich war immer, wenn ich da war, auch zugleich anderswo.

Als ich in die Primarschule ging, die Pünktlichkeit und Leistung forderte, plagte mich der fehlende Orientierungssinn vom Aufwachen oft bis zum Mittagessen. Der Vater nannte es: durchgehende Mondsucht. Dabei hatte ich nur drei, vier Mal nächtlich Reibkäse aus dem Kühlschrank genommen und auf dem Parkettboden in der Stube verteilt. Es ist Sommer gewesen. Ich mochte mich nach dem schönen Eisplatz gesehnt haben und ließ es schneien. Außer dem Sbrinz fehlte am Morgen jeweils der Kaffeerahm. Die Mutter fand die leere Flasche aus braunem Glas im Abfall unter Gurkenschalen und Kaffeesatz. Wir lachten. Heute gäbe es dafür eine Dreifachrüge: Tierische Fettgetränke sind schlecht für Moral und Gesundheit, Glas wird separat entsorgt, organisches Material muss kompostiert werden. Wobei, es gab bereits Naturschützer, aber die waren nicht rot, sondern konservativ. Grün waren Fischer und Jäger.

Ich schlafwandelte durch Küche und Stube. Im Bett knetete ich die Federdecke an die Wand und knotete die

Stoffbeine der Pyjamahose zu. Hatte ich Albträume oder war ich kreativ? Was auch immer, die Links-rechts-Frage stellte sich jeden Morgen: In welche Richtung geht es am schnellsten zur Schule? Die Frage war ein wenig leichter zu beantworten, wenn der Kopf beim Geschepper des Weckers regulär auf dem Kissen lag. Obwohl immer benommen, wusste ich rascher: Auf der Seite der linken Hand, an der ich damals mangels Tintenfleck ein Armband trug, waren Kleiderkasten und Tür, ergo musste ich da hin. Rechts war ein Fenster und nichts weiter. Rechts führte die Straße nach Österreich: Nauders, Innsbruck, Wien. Von Martina aus in Steigung und Bogen auch zu einem verdorrten Zipfel Italiens, wo es immerhin einen hübschen neapolitanischen Grenzer gab, ein winziges Kerlchen, glutäugig und entschlossen, wohl auch entschlossen genug, die Südtiroler zu plagen. Das war Vaterlandspflicht. Ich musste es ausblenden. Die Südtiroler waren meine Helden. Mein Vater erzählte, wie sie in ihrem Freiheitskampf Denkmäler in die Luft gesprengt hatten, im Gefängnis in Mailand gefoltert wurden, nach Hause kamen, nicht mehr redeten und nach wenigen Jahren starben.

Lag der Kopf am Fußende, ging es plötzlich – che confusiun! – links nach Österreich, rechts aber, bei der Grußhand, zum angepeilten Schrank, zu Tür und Schule – sowie ins Oberengadin, nach Chiavenna und Napoli. Bog man vorher ab, bei Susch, führte der Flüelapass nach Davos, wo Deutsch gesprochen wurde, dann ging es durch das Prättigau ins Unterland. Dort gab es noch viel mehr

Probleme mit rechts und links. Davon zeugte eine, die später im Gymnasium zu uns in die Klasse kam. Ihre Eltern hatten sie aus dem Sumpf der Stadt gezogen und ins alpine Internat geschickt, das Einheimische extern besuchten: Marlies.

Marlies war drei Jahre älter. Sie stammte aus Zürich und hatte an Unruhen teilgenommen, die nicht im Schlaf gekommen waren. Sie hatte wegen der Unruhen zu wenig Sport getrieben und musste beim Kilometerlauf leiden wie ein Hund. Ich hatte bereits keinen unruhigen Schlaf mehr, als sie die Unruhe, nämlich sich, von Zürich zu uns brachte. Sie sagte, das liege daran, dass eine Freundin der Freundin der Freundin bei den Unruhen, die uns nie plastisch geworden waren, ein Gummigeschoss von der »Schmier« ins Auge bekommen habe. »Schmier«, das Wort hatte ich bis dahin noch nie gehört. Im Fernsehen sagten sie Bullen oder Polente, statt Polizei. Wir sagten zu Hause höchstens Zolipist. Die Polizisten waren namentlich bekannt. Man hätte vielleicht »blöder Herr Rauch« sagen können. Aber da er nicht blöd war, hätte das wenig Sinn gemacht. Die Polizei in Zürich schien aus ganz anderem Schrot und Korn zu sein, namenlose Schläger, die Jugendliche ermorden wollten. Wir glaubten Marlies. Im Unterland war Krieg.

Wir wurden nur ab und zu »abgeschwartet«. Der Lehrer war der Chef. Wenn er reinkam, standen wir auf. Der Rektor trat auf meine Füße, wenn ich Turnschuhe trug, auch Kaugummi war verboten. Der Walkman wurde konfisziert. Am Skitag froren sich die Schüler die Ohren ab. Es war nicht erlaubt, sich bei minus zwanzig Grad ins Restaurant zu den Lehrern zu setzen. Die Ohren glichen bald herbstlichen Blättern, der Schmuck daran wirkte deplatziert. Am Schwarzen Brett hieß es, was wir erlebt hätten, diene der Abhärtung. Ich merkte nichts von der Abhärtung, aber vielleicht kommen Abhärtungen ja schleichend, wie die Gesundheit nach der Schlägerei oder gute Gewohnheiten.

Um sich zu beruhigen, rauchte Marlies viel Haschisch und kommandierte alle herum. Wir hatten trotzdem Mitleid. Was für ein Scheißleben sie gehabt haben musste, bevor sie endlich in den Bergen Rettung erfuhr. Natur und saubere Luft heilten einfach jeden. Ich rauchte nie Haschisch, auch nicht aus Mitleid oder Solidarität, ich war Jahrgang 1967. Nur die bis Jahrgang 1964 fanden Haschisch, großmaschige Pullover aus Alpaka und runde Brillen cool. Wir trugen Lacoste-Hemden in Kükengelb, Himmelblau und Rosa, Closed Jeans mit einem Stoffgürtel, knielange Burberry-Strümpfe, Timberlands, träumten von einem Golf GTI, schwarz, mit goldenem John-Player-Special-Kleber auf der Heckscheibe und gingen mit unsern Eltern am Sonntag auf den Vita Parcours. Mir gefiel der Klang des Worts »Haschisch«. Ich sagte das Wort bei der Station mit den Liegestützen gern vor mich hin, »Ha« in der Anspannung, »Schisch« in der Entspannung. Ich färbte mein Haar hennarot, wie die Zürcherin, was zu meinem orangen Deux-Chevaux passte, den ich Ende Gymnasium hatte, um das Rennvelo zu transportieren.

Marlies war die erste Linke, die ich von Nahem erlebte. Sie hätte korrigiert: links-autonom. Beim Wort »links« waren mir bisher der Tintenklecks und mein Nachbar eingefallen, ein Linkshänder, der pädagogisch motivierte Ohrfeigen kassierte, bis das Trommelfell platzte. Bei uns gab es entweder kein linkes Konzept oder keinerlei Bewusstsein dafür, es gab nur die FDP und vier, fünf Alternative, alle namentlich bekannt, wie die Polizei. Sie waren Teil der Community, genau wie die zwei blonden Popper an der Schule, die dauernd die Stirnfransen in ihre Föhnfrisuren bliesen. Alternativ hieß damals vor allem stilistisch anders, nämlich falsch gewickelt. Wenig Coiffeurbesuche, eine Abneigung gegen Deo und Stöckelschuhe, eine Art Wehrhaftigkeit, die ich nicht einordnen konnte, Vorliebe für Drogen und Dienst auf der Alp, aber auch, und das irritierte mich, für die Kunst. Denn das hieß nichts anderes, als dass ich, trotz Deo und Stöckelschuhen, trotz Lacoste-Shirt, wohl ein bisschen alternativ sein musste. Ich interessierte mich leidenschaftlich für die Kunst. Ich malte, sang und schrieb.

Wir trieben Sport und fanden uns normal. Marx und Bakunin fand ich einsame Spitze, ihre Texte las ich mit Begeisterung. Mir wäre nie in den Sinn gekommen, dass die Brüder links stehen. Denn die hatten in meiner Normalität genauso Platz wie Hölderlin und Eddy Merckx, von dem ich wusste, dass er am Giro d'Italia 1969 kein Doping genommen hatte. Die Schweine hatten ihn reingelegt. Er weinte seit Jahr und Tag auf dem Foto über meinem Bett, das gleich unter dem Hinterglasbild von Jesus hing.

Merckx weinte, Jesus schaute halb skeptisch, halb verträumt. Er liebte seine Feinde und wäre sicher gegen mein Sturmgewehr gewesen, das im Schlafzimmer neben dem Kleiderkasten stand. Marlies liebte ihre Feinde nicht, aber sie war auch dagegen. Gleichzeitig hätte Jesus, im Gegensatz zu Marlies, in seinem ausgeprägten Sinn für Gemeinschaft verstanden, dass es unerlässlich war, mit Flurin zum Schützenstand zu fahren. Jeden Samstag nach dem Mittagessen parkierte er den roten Traktor seiner Mutter vor unserem Haus und lud mich auf zu den alten Freunden aus der Dorfschule, die schon lachend auf der Ladefläche saßen. Schießen war grandios und für mich fast gratis, weil ich das Gewehr nicht putzen musste. Es gab sofortiges Verständnis für meine armen langen Fingernägel, die das Gewehrfett aufsaugen würden und futsch wären. Meine alten Freunde waren echte Freunde, Menschen, die das Unabänderliche annehmen. Einer von ihnen nahm mir deshalb jeden Samstag galant das Gewehr aus der Hand, was als mein persönliches Urerlebnis im Geschlechterkampf gelten durfte: Es gab ihn nicht.

Nach der Links-Autonomen aus Zürich kam der Punk. Sie hieß Lou. Lou war aus Luzern. Sie zwängte sich in diese hautengen Hosen, die auch heute die besten Mädchenfiguren verschandeln. Lou aber sah toll aus. Lou war ein Star, der auf der Straße gelebt und mit elf Jahren begeistert Sex gehabt hatte. Sie war spindeldürr. Punks haben keine Zeit zu essen, sagte sie. Ihr Haar hatte sie seitlich abrasiert, mittig stand ein diskreter Kamm, vorne hing ein Büschel nonchalant im Spitz zwischen ihren braunen Augen, zwei rotzfreche, warme Bittermandeln, hellbraun, wenn sie lachte. Wenn sie lachte, sah man ihre Schaufeln, die übereinanderlagen.

Sie lachte auch, als sie ihre abgeschnittenen Schamhaare zusammen mit irgendwelchen Drogen in ein Trauer-Couvert rieseln ließ, um es ihrem Freund nach Paris zu schicken. Ein Schwarzer. Sie könne nur schwarze Männer lieben, sagte sie. Zwei Tage später war sie dem Couvert hinterhergereist. Lou war um fünf Uhr in der Früh die vereiste Straße zum Bahnhof runtergeflüchtet. Man zog mich dafür zur Rechenschaft. Der Klassenlehrer behauptete, ich hätte ihr den Schlitten beschafft. Ich wünschte, ich hätte es getan, obwohl ich wünschte, sie wäre noch da. Man ließ mich stundenlang nachsitzen, so lange, bis ich gestehen würde, aber ich gestand nicht. Ich schrieb Gedichte, dann ging ich nach Hause, und ihre Eltern schalteten Interpol ein. Ohne Erfolg. Lou blieb verschwunden. Sie war in Paris und hatte dauernd Sex, während ich las, Liegestütze machte, auf Abenteuer hoffte und gelegentlich daran dachte, was sie mir gesagt hatte: Schau nicht nach rechts oder links, mach einfach!

Die Mädchen

Nach der ersten Turnstunde am Donnerstagmorgen sah Nadja den Lehrer in die Pause gehen. Rahel setzte sich auf den Brustkasten des Mädchens, das alle, auch der Lehrer, *Seaina Stinki* nannten, weil sie sich in die Hose pinkelte, ob nur in der Nacht, das wusste niemand. Seraina konnte das R nicht aussprechen, was alle Aussagen, Wünsche und Hilfeschreie schwächte. Der Name ohne R gab der Feindin Rahel und allen, die sonst noch Lust hatten, das Recht, Seraina zu plagen, Beifall zu klatschen, oder ließ sie still genießen und froh sein, dass es sie nicht erwischt hatte. Wer über kein R verfügt, hat ein Problem. Ein C ginge auch noch. R und C machen stark. Das R ist der grandiose Retterbuchstabe, Nadja wusste das. Ihr Name war ihr ein Gräuel, ein Sprachfehler war ihr immerhin erspart geblieben.

Ihr Taufname hatte keinen Konsonanten, an dem sie sich aufrichten konnte. Man durfte sie Scheißwurst nennen und alles, sie hatte dem nichts entgegenzusetzen, das wäre nie passiert, hätte sie Rezia geheißen oder Rebecca, Riccarda, auch Rita wäre zur Not gegangen. Warum geben Eltern ihren Kindern schwache Namen? Warum tun sie ihnen das an? Warum geben sie ihnen keine Waffe in die Hand, wenn die Kinder das Haus verlassen müssen, einen kriegerischen Gott gegen die Feinde, der im Namen sitzt mit einem flammenden Konsonantenschwert, einen, der ab Geburt Mut macht und gleichzeitig einen barmherzigen und schützenden Gott gegen sich im Herzen zulässt? Warum geben diese Eltern den Kindern keinen königlichen Namen? Warum geben sie den Kindern Namen, deren Klang bereits sagt: Bück dich! Du Magd! Nadja wollte nicht Rahels Magd sein, sich nicht bücken, trotz ihres läppischen Namens. Sie würde das nie tun, auch wenn Rahel über sie Gülle ausleeren würde, auch wenn Rahel mit ihr tun würde, was sie Seraina antat.

Serainas Mutter betrank sich schon morgens, das war bekannt, Nadja hielt sie für eine Zigeunerin, die irgendwann aus Liebe sesshaft und unglücklich geworden war. In ihrer Jugend hatte sie bestimmt ein ganzes Dorf mit ihrem Tanz entzückt. Sie war die Mutter mit den schönsten Haaren, lange sehr dunkle Haare. Konnte die das Chaos nicht mit einer Haarspange oder einem Gummi zusammenfassen, eine Steckfrisur machen oder es endlich abschneiden? Jede anständige Frau würde das tun. Die ist bestimmt lesbisch, sagte Rahel.

Serainas Kleider wusch die Mutter nicht. Seraina musste selber waschen, und Handwäsche war nicht das geeignete Mittel gegen Urin, vor allem, wenn im Bad die Seife fehlte. Das war seltsam, denn die Eltern hatten eine Art Hotel, auf alle Fälle übernachteten Leute bei ihnen.

Viele Kleider besaß Seraina nicht, manchmal kam sie mit feuchter Hose in die Schule oder mit dem Pullover des großen Bruders, Guglielm, der klein gewachsen war und als halbschlau galt. Er ließ sich die Haare nicht mehr schneiden, seit man ihn in die Klasse für die kleinen Gehirne geschickt hatte. Nadja verstand nicht, weshalb er dort war. Sein braun gebranntes Gesicht war eingewachsen. Obwohl er noch keinen normalen Bartwuchs hatte, waren Haare im Gesicht, die auf dem Kopf standen ab wie das Gras, das die kleinen Spielinseln am Rande des Teichs unter Runà umrahmte, die Kinder traten mit einem Fuß darauf und versuchten, einander aus dem Gleichgewicht zu bringen.

Der Bruder schaute aus seinem flachen Gesicht, Nadja dachte an Iwein und seinen Löwen, sie hatte beim Lesen der Geschichte an Serainas Bruder gedacht, sie wusste nicht, glich er mehr dem einen oder dem anderen. Wie ein *Kretin* sehe er aus, sagte der Lehrer. Er könne ihn auch *idiotisch, imbezil* und *debil* nennen, das sei die klassische Abstufung für mangelnde Intelligenz. Kretin klang für Nadja nach einem Menschen, der seinen Kopf an die Wand schlug, jeden Tag zur Mittagszeit, zwölf Mal, bis Blut austrat aus dem dummen Kopf und die Wand runterlief, und der Mensch, der diese Sauerei angerichtet hatte, war zu dumm, die eigene Blutspur aufzuputzen.

Der Lehrer war gebildet, er sprach vom geringen Intelligenzquotienten, mit dem ein Mensch weder schreiben noch lesen konnte. Serainas Bruder konnte aber lesen und schreiben, er konnte auch schnitzen und hatte eine schöne hohe Singstimme, die jeden, der Ohren hatte, verstörte, auch konnte er jede Melodie perfekt nachpfeifen, Nadja wusste, er bräuchte die Melodie nur zur

Hälfte zu kennen, um sie ganz und ohne einen Fehler weiterzupfeifen, und dazu könnte er die Melodie auch anders pfeifen, lustiger, trauriger, schneller oder rückwärts, und manchmal war ihr, als könnte er sogar drei- oder fünfstimmig pfeifen. Aber das galt hierzulande null Komma null, wenn man immer nach Zigarettenrauch stank und der Bruder von Seraina war. Nadja hätte sich manchmal gerne zu Guglielm gesetzt, weil er immer alleine war, ein braunes Radio, aus dem Gras wuchs.

Es blieb Guglielm nichts anderes übrig, als sehr sexuell zu werden, sein ganzer Körper schwoll zu Sexualität an, das war ekelhaft und berauschend, wahrscheinlich blies er sich mit Zigarettenrauch zu einem Sex-Kretin auf, damit ihm niemand seine neue Rolle streitig machen würde, so konnte er in Ruhe schnitzen und pfeifen. Als Seraina zu Nadja gesagt hatte, mein Bruder möchte mit dir gehen, freute sich Nadja, sie empfand Glück, aber sie sagte, nie im Leben, was bildet sich dein Bruder ein.

Seraina erzählte seit Wochen, die Eltern hätten beschlossen, den Speisesaal des Hotels ab Wintersaison in zartes Gelb zu tauchen, und sie hätten ihr die alten Gardinen und Vorhänge aus dem Tirol-Flügel überlassen, sie und ihre Freundinnen dürften sich damit verkleiden. Wunderbare, schwere, kostbare Stoffe in Blau und Rot seien das, fast neu, golddurchwirkt, wahrscheinlich echte Seide aus Arabien. Transparenten Tüll gebe es auch, der sei wie ein kühler, weißer Hauch auf der Haut, geeignet als Schleier für die Hochzeit mit dem Prinzen, für alle Geschichten aus 1001 Nacht, das sei ein Märchenbuch, das sie zwei Mal gelesen habe.

Am Montag vor dem freien Mittwochnachmittag lud sie per Zettel ein. Ein weißer, zurechtgeschnittener Zettel, oben eine rote Blume, wahrscheinlich eine Rose, am Stiel Blätter und zarte Striche, die nach unten zeigten. Hübsche Dornen. Der Text lautete: Bitte komm an mein Prinzessinnenfest, es gibt Kuchen, Schokolade und Limonade. Liebste Grüße, deine Seraina. Kuchen, Schokolade und Limonade hatte sie dick unterstrichen, der Name stand unleserlich-schwungvoll da. Hinter Seraina hatte sie einen Punkt gesetzt. Sie hatte den ungläubigen Klassenkameradinnen die Einladung in der großen Pause persönlich übergeben, es bestand kein Zweifel darüber, dass die Buchstabenfolge zum Schluss Seraina bedeutete. Unser Stinkilein, die vollgepisste Seraina also, hatte Rahel zu den anderen gesagt. Mal schauen, was die auf die Reihe kriegt.

Als Nadja am Mittwochnachmittag kurz nach drei an der Rezeption stand, waren die anderen Mädchen schon da: Rahel, Gianna mit den gelben Zähnen, Mengia mit dem Kurzhaarschnitt, Sidonia, die mit dem neuen Velo und der großen Glocke aus China, und deren beste Freundin Anna Mazzina. Serainas Mutter saß hinter der Theke und schaute angestrengt auf einen Haufen Papier, wahrscheinlich Rechnungen. Die anderen Mädchen der Klasse hatten abgesagt: Training, Klavier, Bruder hüten, Eltern helfen, keine Lust.

Seraina kam angerannt, sie war außer Atem, was sie zu verbergen suchte, ihr Gesicht wurde rot und röter. Mit einer schnellen Bewegung streckte Nadja Seraina auf der flachen Hand das Schneckenhaus hin, das sie über Mittag mit Wasserfarbe bemalt und mit zwei weißen Kieselsteinen verziert hatte, sie saßen vorne am Haus wie zwei Augen. Seraina nahm es vorsichtig von Nadjas Handfläche, drehte es, hielt es hoch: So ein großes habe ich noch nie gesehen. Nadja hatte es auf der Halde unter den Schaukeln des Spielplatzes gefunden. Dort sei ein Schneckenfriedhof. Das gebe es wirklich. Ein richtiger Schneckenfriedhof. Dann wirst du dort auch einmal begraben werden, Nadja, rief Rahel und machte ein ernstes Gesicht. Die anderen Mädchen lachten. Nadja lachte auch, sie baute eine Mauer mit ihrem Lachen, je natürlicher das Lachen klang, desto höher und dicker war die Mauer. Sie sah diese Mauer. Die Mauer war grün.

Kommt alle in mein Zimmer!, sagte Seraina. Der Zug der Mädchen setzte sich in Bewegung. Die Treppe knarzte, trotzdem legte keines der Mädchen die Hand auf das staubige Geländer. Hinten im Gang des dritten Stocks lag Serainas Zimmer. Der Boden war mit einem fadenscheinigen Läufer bedeckt, die Lampen an der Decke reagierten nicht, als Nadja auf den Schalter drückte. Die Klinke der Tür fehlte. Seraina rammte mit der rechten Körperseite in die Tür. Es knallte, die mit Kunststoff gepolsterte Tür flog auf. Vorsichtige Erleichterung machte sich breit. Die Mädchen waren in Serainas Reich angekommen. Ihr Zimmer war dunkelbraun tapeziert, das Doppelbett stand in der Mitte, am Boden lagen Farbstifte, Spielsachen eines kleineren Kindes und, überall verteilt, die Garderobe von Seraina. Die Gastgeberin stieg mit festem Schritt aufs Bett, verneigte sich tief, stellte sich vor: Prinzessin Siebenschön.

Den blauen Vorhang hatte Siebenschön um die Taille geschlungen, den roten trug sie wie einen Umhang, mit einer Wäscheklammer festgemacht (wo waren die Goldfäden?), Gesicht und Haar bedeckte die durchsichtige Gardine. Seraina hatte sich aufgerichtet, sie stand während der kurzen Pause, die alle Blicke auf ihr vereinte, aufrecht da, dann begann sie auf dem Bett zu tänzeln. Die Mädchen schauten erschrocken zu ihr hoch, Sidonia und Anna Mazzina kicherten, wie immer. Seraina tanzte, umarmte den imaginären Prinzen. Und wo sind unsere Kleider?, unterbrach Rahel. Hier, sagte Seraina. Sie war stehen geblieben und betonte das Hier verführerisch entspannt, das i in die Länge ziehend, lockend, dass die Mädchen das seltene Lächeln unter der Verhüllung ahnten. Seraina deutete mit dem Zeigefinger auf sich.

Nein, Seraina, Rahel spricht von unseren Prinzessinnenkleidern, half Gianna. Seraina sprang leichtfüßig vom Bett und sagte, ihr könnt mein Prinzessinnenkleid anziehen, es darf immer nur eine die Prinzessin sein. Du könntest anfangen, Rahel. Wenn ich fertig bin, verkleidest du dich und tanzt auf dem Bett, dann kommt die Nächste, zum Beispiel Sidonia, dann Anna Mazzina. Oder Mengia. Zum Schluss essen wir Kuchen und Schokolade und trinken Limonade. Die Küche hat alles bereit gemacht und in die Stube gestellt. Die Mädchen schwiegen. Rahel schrie, Scheißdumme Kuh will uns hereinlegen, was? Wir sollen deine vollgepissten Stinkekleider anziehen? Spinnst du eigentlich? Es trat Stille ein, niemand widersprach. Seraina sagte: Ich habe heute nicht ins Bett gemacht. – Einmal im Jahr muss ja auch Ruhe sein, oder?, wieherte Gianna. Ein bejahendes Murmeln folgte der Frage, ob sie gehen sollten. Verarschen können wir uns selber, das war Sidonia. Anna Mazzina nickte heftig.

Seraina ließ die Schultern hängen. Sie schob den Schleier zurück und legte ihn auf den Boden. Kommt, lasst uns Kuchen essen, sagte sie. Nein, danke, der schmeckt bestimmt, wie du riechst. Seraina war egal, wer das gesagt hatte. Sie ging vor und öffnete die Tür zum Nebenzimmer. Der Fernseher lief, davor saß gebückt der Kretin in kurzer Hose. Er rauchte. Als er die Mädchen sah, hob er seinen Hintern und furzte. Weiberbegrüßung, lallte er, lehnte sich zurück und sah zu, wie die Boliden Runden fuhren. Die Mädchen nahmen die Kuchenteller, die auf der Anrichte standen, in die eine, ein mit Limonade gefülltes Glas in die andere Hand und verließen hintereinander den Raum. Die Schokolade hatte der Bruder gefressen, verdammter Kretin. Es war keine mehr da. Im Gang blieb Rahel stehen, schaute Seraina ins Gesicht und schob das Kuchenstück mit dem Daumen der rechten Hand langsam über den Tellerrand. Der Kuchen fiel zu Boden. Das volle Glas Limonade stellte Gianna neben das Häufchen. Die anderen taten es ihr gleich. Anna Mazzina sagte, das ist das Stinki-Ciao.

Nadja stand starr neben Seraina, als die Treppe knarzte. Das Licht ging an. Seraina fragte Nadja, ob sie das Schneckenhaus wiederhaben wolle. Nadja schüttelte den Kopf, sie weinte. Seraina fragte, du musst sicher gehen, oder? – Nein, eigentlich nicht, antwortete Nadja. Wir könnten noch spielen, mir gefiel dein Kleid. – Aber ich muss aufräumen und Dankeskärtchen schreiben. Wir sehen uns morgen in der Schule, ciao! Seraina verschwand in ihr Zimmer. Nadja aß den Kuchen, trank die Limonade, stellte Teller und Glas auf den Boden und ging. Sie lief nach Hause, die *Craista* hoch, sie sah Seraina vor sich, die den Schleiertanz vollführte, der ihr bestimmt geheimnisvoll vorgekommen war, es sah ja auch richtig gut aus. Wahrscheinlich hatte Seraina geübt.

Nadja waren die polierten Vitrinenfenster im Zimmer aufgefallen. Als hätte Seraina sie noch vor der Schule erwartungsvoll mit verdünntem Alkohol und zerknülltem Zeitungspapier geputzt, der Rest war etwas schmuddelig gewesen, auch wenn kein Dreck zu sehen war. Nadja keuchte, die Craista war steil, sie sah, wie sich im Vitrinenfenster die Zimmertür spiegelte, sie wurde aufgestoßen, ein Schatten stand darunter, Nadja sah ihn, und er sah sie, denn er machte sich davon, Seraina achtete nicht darauf, sie hatte sich mit dem zarten Brautschleier geschützt, ihr konnte nichts geschehen. Dir kann nichts geschehen, murmelte Nadja, als sie zu Hause war. Sie schrieb alles auf, um nichts zu vergessen.

Der nächste Tag war dieser Donnerstagmorgen in der Turnhalle, Rahel saß auf Seraina und hielt ihr mit den Knien die Arme am Boden. Rahel fragte, wie heißt du? Nein, du heißt nicht Seraina, du heißt Stinki. Sag Stinki! Seraina wollte nicht Stinki sagen, sie versuchte, mit den Beinen hochzukommen und die Widersacherin nach hinten zu ziehen, die merkte das und hielt Seraina mit ihren hässlichen Fingern, die in abgelutschten Fingerkuppen endeten, die Nase zu. Da die zweite Hand frei war, konnte Rahel mit der gefürchteten rechten Hand

Serainas Mund zuhalten. Nadja wusste, wozu ihre Feindin fähig war. Die anderen Mädchen staunten, sie schauten sich verlegen an. Mengia hielt die Hand vor die Augen. Schlägereien gehörten zum Pausenbild, aber das hier? Das war so langsam und kontrolliert. Die Bedrohung legte sich auf die Mädchen, Nadja fühlte sich mit dem Unheimlichen nicht mehr allein. Aber sie wusste, das Gefühl würde nicht anhalten.

Die Feindin war begabt zur Folter, sie war begabt zu jeder Missetat, und durch ihre Bosheit, durch Blicke und Bemerkungen weckte sie in Nadja das Quäntchen Folterin, das auch Nadja in sich trug, es war nur mit einem Tuch bedeckt, darunter lauerte die Lust, sich zu rächen, für Seraina, für sich, für alle, Rahel sehr wehzutun, das Tuch konnte jederzeit abfallen oder weggezogen werden, und wie sehr der Teil anzuwachsen bereit gewesen wäre, ob er gewuchert hätte, das kann bei Gott niemand sagen. Bei Gott nicht!, sagte Nadja mitten in die Szenerie und erschrak.

Niemand hatte sie gehört, niemand dachte jetzt an sie. Nadja hoffte, Gott würde Rahel abhalten vom ganz Bösen, zusammen mit seinem eingeborenen Sohn Jesus Christus musste er verhindern, dass Seraina sterben würde. Du bist nicht allein auf der Welt, dachte Nadja, Du bist nicht allein auf der Welt. Sie wiederholte es ununterbrochen. Sie sagte es sich und Seraina, als sie zuschaute, wie Rahel Serainas Mund immer noch zuhielt, Serainas Augen waren ganz groß geworden, sie quollen aus den Höhlen und die Beine zappelten heftig, man hörte den verhinderten Schrei. Seraina zitterte.

Rahel hatte angefangen, auf Serainas Brustkasten zu hopsen. Sie blühte auf, der Ritt gefiel ihr, das sagte ihr Blick, der mit jedem Stoß verschwommener und gleichzeitig leuchtender wurde, sie sah aus, wie die Klavierlehrerin aussah, wenn die mit ihrem glockenhellen Sopran in die Höhen ging, sie sang wie ein Engel. Bei Rahel stach die schwarze Zunge des Teufels aus der Vulva, vielleicht auch aus dem Mund. Endlich war Rahel in ihrem Element, sie saß auf Seraina, und das Weiche gab nach, das war berauschend, Rahel wollte nicht mehr aufhören, sie hatte ihre Umgebung vergessen, da wurde sie plötzlich der Zuschauerinnen gewahr, sie schaute Nadja mit ihren kleinen blauen Augen auffordend an, es waren die glücklichsten Augen.

Nadja konnte sich Haifische nur mit blauen Augen vorstellen. Sie beobachtete die Knochenfische und ihre eckige Eleganz gerne, graue Helikopter, flügellose Libellen des Meeres. Rahel war immer unelegant gewesen. Es gab nichts Fließendes an ihr, nichts Gelangweiltes, nichts Zielloses, nichts Ruhiges. Ihre plumpen Hände waren immer in Bewegung, sie beschrieben Zettelchen, rissen Haare aus, hielten Nasen zu, diese Hände waren mit Dutzenden Sandwiches von Nadja verschwunden. Nadja sah Rahel die Sandwiches nie essen, sie musste sie weggeworfen haben oder eine andere gezwungen haben, sie zu essen. Hätte Seraina kein Salamisandwich gemocht, Rahel hätte sie bestimmt dazu gezwungen, es ganz zu essen, in einer von ihr festgelegten Zeit, eine Uhr hatte sie nicht, sie hätte bis zwanzig gezählt, die andere am Kauen, Riesenbissen an denen man sich verschlucken musste, das Husten klang wie Musik in Rahels Ohren, eine paradiesische Tonleiter, sie zählte weiter im gleichen Rhythmus, die andere verzweifelt, mit einem roten Kopf und den gleichen aufgerissenen Augen wie im Turnsaal.

Nach einer doppelten Ewigkeit nahm Rahel ihre Hand von Serainas Mund, die nach Luft schnappte wie der Koi-Karpfen aus Giannas Aquarium, als die Mädchen untersuchten, wie lange der das ohne Luft aushält. Es war noch nicht zu Ende. Seraina schaute nach oben, sie wusste auch, dass es noch nicht zu Ende war, Rahel drückte ihr die Nase zu, die Nase wurde weiß, Seraina schrie, da beugte sich Rahel langsam herunter, sie wartete, sie sah konzentriert und ernst aus, die Augen glitzerten wie ein Bergsee, dann sammelte sie ihren Speichel, spuckte Seraina in den Mund und schaute zu Nadja. Nadja hatte noch nie so etwas gesehen, und Rahel hatte bestimmt auch noch nie so etwas gesehen. Rahel sagte zu Seraina: *Di grazcha!* Sag danke!

Nadja konnte gut zeichnen, Rahel konnte gut foltern. Glichen sie sich, weil sie beide zu viel Fantasie hatten? Würde die beste Zeichnerin im Nachbardorf ähnliche Bilder wie Nadja malen, während sich das grausamste Mädchen der Schule dort und überall auf der Welt ihrer Gegnerin auf den Brustkasten setzen, ihr die Nase zuhalten und ihr das gesammelte Wasser in den Mund spucken würde? Weil es eine exzellente Idee ist? Und eine noch bessere Idee ist es, gleich nochmals reinzuspucken.

Seraina weinte jetzt, sie zappelte nicht mehr, ihre Beine lagen auf dem Turnboden, weit ausgebreitet, als wäre es jetzt egal, wenn sich noch jemand auf sie legen würde, weil es eh passiert war, das Undenkbare, und schon wieder spuckte Rahel in Serainas Mund. Rahel lächelte. Keines der Mädchen sagte etwas. Keines tat etwas. Als wären nicht nur Serainas Beine lahm, sondern alle Körper, die Serainas lahme Beine sahen, nur Rahels Körper war voller Energie, er wirkte zum ersten Mal elegant. Selbstvergessen, tief zufrieden. Rahel fühlte sich schön. Und deshalb fand Nadja sie schön.

Die Katze

Er wird von Linsen leben müssen, denn ein Koch ist er nicht, und, klar, die Nische im Studio, die sie Küche nennen, hat nur eine Platte, eine mittelgroße, damit muss er auskommen, und dann dieser mickrige Kühlschrank, zwei Joghurts, und der ist voll, das Quartier gefällt mir nicht, immer ist es laut, ob er genug schlafen wird, es stank, als ich ihm beim Umzug half, aber das Institut ist nah, praktisch, ich werde ihm zeigen, wie das geht, dass man die grünen Linsen über Nacht einlegen muss, einen Topf hat er, ich gebe ihm auch die Schüssel aus Steingut mit, die bemalte von meiner Großmutter, sonst habe ich nichts genommen bei der Teilung, die grünen Linsen sind die besten, dann am nächsten Tag in genügend Wasser kochen, einen Brühwürfel dazu und zwei, drei Tropfen Olivenöl, die Zehnerpackung Knacki von *Herta* kann er darin aufwärmen, wenn er mag, die schmecken ihm doch so gut, obwohl wir immer Bedenken hatten, er noch mehr als ich, woher kommt dieses unnatürlich Bissfeste, das nicht zu Würstchen passt, dieses Strotzende im Darm, das wohl kein Darm ist, sondern etwas Künstliches, das schnell platzt und das Fleisch entlässt, das nicht einfach Fleisch ist, sondern eine Mischung aus verschiedenen Zutaten, wir wollten es nicht so genau wissen, egal, Hauptsache, er wird satt, Hauptsache, er ist zufrieden, ich werde ihm sagen, mach immer genug, mach zu viel, dann bist du tagelang versorgt, ganz und gar, und billig ist das Essen auch, billig und nahrhaft, und dann greife ich in sein Haar, er wird den Kopf schütteln, ein Freund könnte ihn sehen, die Freunde heißen heute Kollegen, ein Kollege könnte ihn sehen, und die Mütter heißen Barbara oder Mia und haben eine Karriere, sie haben eine Wahl, Optionen, ja, wie die jungen Leute mit ihrer Hochschulreife, die haben auch eine Wahl, die Wahl zu bleiben oder zu gehen, und dann gehen sie, eigentlich haben sie gar keine Wahl, sie müssen gehen, Matura heißt das in der Schweiz, wer in Deutschland das Reifezeugnis in der Hand hält, hat Abitur und kann abgehen, abgehen wie ein Rakete, weit weg, hoffentlich dreht er nicht durch in seinem Studio, so allein und beengt, wäre eine Studenten-WG nicht doch besser, oder ein Studentenwohnheim, das klingt zwar schlimm, aber er wäre nicht allein, ja, vielleicht könnte ich ihm eine Katze schenken, eine kleine Katze, er wünscht sich einen roten Kater, und ich könnte mir auch eine Katze holen, eine getigerte, vom Bauern, da war ich mit ihm in den Ferien, als er noch nicht einmal im Kindergarten war, es war der schönste Sommer unseres Lebens, oder aber, wir hätten zusammen eine Katze, er hielte sie unter der Woche im kleinen Studio, ein weiches Geschöpf gegen die Einsamkeit, am Wochenende dürfte sie bei mir sein, er küsste sie in der Stadt, ich auf dem Dorf, er links, ich rechts, die glückliche Katze, wie eine flauschige Membran läge sie zwischen uns, ihn machte sie älter, reifer, vorsichtig, mich jünger oder nicht so alt, wie ich jetzt zu werden drohe ohne ihn am Tisch, wenn ich alleine Linsen esse, die grünen sind die besten, sehr nahrhaft, man muss einfach genug machen, lieber zu viel, dann ist man tagelang versorgt, ganz und gar, und billig ist das Essen auch, billig und nahrhaft, und dann greife ich in mein Haar, früher war es voller, eine Katze würde mir guttun, eine Katze für uns zwei, die wir so sehr aufeinander konzentriert sind oder waren, ein Ausgleich, ein Konzentrationsausgleich würde uns guttun, ihm in der Stadt, mir auf dem Dorf, die Katze zwischen uns, sie verbindet, Tiere verbinden die Menschen, sie ließe mich jede Woche ein wenig zu ihm durch und ihn zu mir.

Der Brandherd

Do not take any risks steht hier geschrieben, und ich nehme das doppeldeutig, wie fast alles, als Ratschlag fürs Leben, danke, und natürlich in Bezug auf die Frau, die dasitzt wie ein Sack und weint. *Do not take any risks.* Man
sollte Weinende besser nicht ansprechen, sondern sich
vielmehr so weit wie möglich wegsetzen. Und man sollte
das Geschehen nicht an sich heranlassen, das bekommt
niemandem, man sollte es draußen stehen lassen wie den
Hund vor der Metzgerei. Angebunden. Alleine. *Do not
take any risks* gilt für das ganze Leben. Am besten, man
tut so, als wäre man bereit, etwas zu riskieren, sich Gefahren auszusetzen, der inneren Lebendigkeit willen und
weil ein potenzieller Held so strukturiert ist, in Wahrheit
sollte man das nicht tun. Auf keinen Fall. Augen zu!

Zwischen *Fulham Broadway* und *West Brompton* hat
die Frau zu weinen begonnen. Nun hält sie die Hand vor
den Mund, die Hand zittert. Die schwarze Handtasche
hat sie zwischen ihre Knie geklemmt. Mit der freien
Hand nimmt sie die Brille ab, legt sie auf den rechten
Oberschenkel, kramt nach einem Taschentuch, ein gel-
ber Stofffetzen kommt zum Vorschein, sie wischt die Träne weg, die gleich wieder über die Wange rinnt.

Ich betrachte die Frau, wie sie gottverlassen dasitzt auf dem gestrichelten Polster, dunkles Blau, Ozeanblau, Grün. Das Blau der Nacht, das Blau des Himmels und viel Gras. Alles in den Mixer geben und kurz verrühren. Wenn man in England einen Mixer will, muss man *Blender* sagen, *Mixer* versteht kein Mensch.

Versteht ein Mensch das Weinen? Ich höre zu. Das Weinen hat seinen Rhythmus. Jetzt weint die Frau nicht mehr, sie hat sich beruhigt. Das gehört dazu. Das gehört zum Rhythmus. Ich schaue umher, an den grünen Kletterstangen hoch, zu den Rissen an der Decke.

Wäre es unziemlicher als das Weinen, wenn ich die Bluse aufknöpfte, mich an diese eiserne Stange schmiegte? Ein kleiner morgendlicher Pole-Dance-Spaß, wäre das anstößiger als das Weinen der Frau? Ich würde mich langsam drehen, die Hand hoch ansetzen, mich nach unten gleiten lassen, auf hohen Absätzen wippen, die Lippen geschürzt, und *Yeah* sagen, nur kurz, und dann ein gedehntes, leises *Yeah* in die Heulpause hinein, und dann *Yeah* im Rhythmus des Weinens, das wieder ausbrechen würde, vielleicht als Schluchzen, das laute Heulen käme, wenn die Brille zu Boden fiele. So eine U-Bahn hält manchmal abrupt.

Yeah würde ich sagen und mich um die eigene Achse drehen, mich strecken, auf die Zehenspitzen stellen, und gleich nochmals, *Yeah,* in die Knie gehen und wieder auftauchen, ich würde meinen Blick wandern lassen, verschwommen und nackt, mein Körper müsste verwildern, jeder will sich manchmal vergessen und all die Weinenden um ihn herum, mein Geschlecht würde ich an die

Stange drücken, wie das Brillengestell auf die Nase der Heulsuse gedrückt hat, auf Dauer schmerzhaft, das schwere Horn. Die Dose mit dem hellen Puder würde ich aufklappen, in den Spiegel schauen, kleiner Blick-Check. Ja, stimmt so. Und weitermachen.

Die weinende Frau würde nicht aufschauen, höchstens wenn die *Tube* abrupt stoppte und die Brille vom Oberschenkel flöge. Die anderen Passagiere würden mich auch nicht beachten, einige betrachten gerade die Weinende zwischen den Haarfransen hindurch oder seitlich abgedreht, unwillig fasziniert, einer gafft, andere ziehen ihr Buch, die Zeitschrift näher ans Gesicht heran, schauen zu Boden oder in die Luft. Niemand beachtete mich, ich würde die Drehung abbrechen, die Bluse zuknöpfen, mich setzen, nach draußen schauen, wie ich es jetzt tue, in die Weite. Ein Blick, der keinen sucht, keinen trifft.

Ein Friedhof liegt an den Geleisen, da will ich begraben sein. Ich will einen eigenen Grabstein, eigene Blumen, eigene Trauernde, Leute, die mich kannten und auf der Beerdigung sagen: Ich werde sie vermissen.

Wie wenige Grabsteine da stehen! Graue Pralinen in einer exklusiven Schachtel, die zu Boden gefallen ist, alles in köstlicher Verwirrung, festlich und teuer. Irritierend pittoresk, nein, nicht nur das, mit schöpferischem Schwung und schöpferischer Ruhe, als stünde ein *Creative Director* dahinter, der die Grabsteine verdreht und ausrichtet, herrichtet für die Fahrgäste, die auf eine seltsam angenehme und süße Weise sich ihr Sterben in dieser Szenerie ausmalen. Ein kleiner Friedhof in der Millionenstadt, Blumen und Bäume. Sie trotzen dem Natürlichen, das wuchert, sich ausbreitet ohne sichtbaren Plan.

Ich vermute, man begräbt unter, sagen wir, *John Merton* auch andere Männer, weiß und Mittelschicht, und unter *Jane Miller* die Frauen. Damit der Friedhof klein und schmuck bleibt, begehrenswert. Der Friedhof sagt: Hier ist jeder jemand.

Da, wo jeder jemand ist, will ich begraben sein, im nächsten Monat oder im übernächsten, vorne links, mit einem eigenen Grabstein, mein eigener Namen soll darauf stehen, in Silber. Das ist nicht verhandelbar. Ich bestehe darauf.

Aber wer setzt es für mich durch? Die junge Frau, die neben mir liest? Ich könnte mit ihr sprechen, mich für all die nutzlosen Informationen, die ihr aufgrund ihrer Lektüre zuzutrauen sind, erkenntlich zeigen, mütterlich nach ihrer Nummer fragen, ihre Hand in meine Hände nehmen, meine Visitenkarte in ihr Buch stecken.

Riefe sie morgen an, erzählte ich ihr, ich wäre sterbenskrank und sie das große Zufallsglück, der Wink des Schicksals in bösen Zeiten, stürbe ich innerhalb günstiger Frist, sie würde sich verpflichtet fühlen, ein paar Telefonate zu machen und auf die Beerdigung zu kommen. Sie, eine junge Frau, die banales Zeug liest, würde sich darum kümmern, dass ich nicht unter *Jane Miller* über den anderen liegen müsste, nur damit der Friedhof weiterhin so klein und freundlich, so begehrenswert aussähe wie gerade jetzt. Für mich allein würde man einen neuen Grabstein setzen mit meinem eigenen Namen darauf, in Silber. Die junge Frau würde es für mich erwirken.

Der Friedhof liegt längst hinter uns, ein schwacher Abdruck im Fenster. Mein Blick hängt an der Weinenden ohne Brille, lutscht an ihrer hellen Haut, belächelt ihr undefiniertes Haar, halblang in ausgewaschenem Muskat, dunkle Hose, dunkler Mantel, dunkle Lederschuhe mit kleinem Blockabsatz. Ist sie gläubig? Gläubige tragen immer Blockabsätze, ein untrügliches Zeichen für den verengten Glauben, den Glauben an Jesus Christus, der am Kreuz gestorben ist, sich hingegeben, sein Blut vergossen hat. Glaubt sie, Gott ist die Kraft und die Herrlichkeit in Ewigkeit, Amen? Glaubt sie, ER erlöst von meinem Blick, vom Blick der anderen, die unter den Stirnfransen hervorschielen auf die nasse Wange, die nackten Augen?

Die Brille hat sie abgenommen, ohne Not, aufreizend liegt sie auf dem rechten Oberschenkel. Sie sieht nichts mehr, sie exponiert sich. Glaubt sie, es werde trotzdem alles gut? Glaubt die Weinende an die Evangeliumskiste, an Erlösung? Allzu freigiebig sitzt sie vor ihrem Publikum, das jederzeit pöbeln und zuschlagen könnte. Unkontrolliert sitzt sie vor denen, die immer an Penetration denken, wenn sie eine Frau sehen, oder an Mord, wenn sie weint. Sie ist obszön. Sie wäre schuld an jeder erdenklichen Ausschreitung in diesem Wagen, an Folter, Vergewaltigung, Brandschatzen, denn sie hat sich nicht im Griff, und das kann plötzlich ausarten, übergreifen, auch auf Harmlose, sie verderben. Dass sie weint, beweist: Sie weiß davon. Sie weiß, ich bin ein Brandherd, mir hilft kein Gott.

Hätte Gott die Macht, die Blicke der Menschen von ihr wegzulenken, zum Beispiel zu den Rissen in der Wand, er hätte es längst getan, er hätte den Blick genommen, ihn an die Wand geschleudert, wo er lüstern hinunterglitte, bis er hängen bliebe und lesen würde: *Please keep your bag with you at all times and report any unattended items or suspicious behaviour to a member of staff.*

Ich habe mein *bag* with me *at all times,* keine Sekunde lasse ich die Handtasche aus den Augen, niemals würde ich das tun, sogar beim Tanz an der Stange würde ich sie nicht ablegen, sie schon gar nicht zwischen die Knie stecken. Das sieht verklemmt aus, als müsse ich mich schützen, ich würde die Tasche in mein Programm einbauen, aber, was ist mit der Weinenden? Die Handtasche ist da, an ihrem Körper, aber darf sie deshalb als *attended* gelten? Die sitzt viel zu locker zwischen den Knien, die hat Spiel, kokettiert mit dem Runterfallen. Fiele die Tasche runter, müsste die Frau die Tasche aufnehmen, sie putzen, kontrollieren, ob nichts rausgefallen ist. Sie hätte etwas Sinnvolles zu tun, könnte sich sammeln.

Fiele aber die Brille, wäre das etwas ganz anderes. Die Frau wäre blind. Sie würde sich nicht sofort bücken und suchen wollen, sondern ängstlich aufschauen, nicht nur weil mit der Neigung nach unten der Rotz aus den Nasenlöchern zu Boden tropft, das geschähe wohl auch beim Aufheben der Tasche, sondern weil sie nach der Brille tasten müsste, da nicht auszuschließen wäre, dass ein böser Bube die Brille hinter seinem Schuh versteckte und, kaum ertastet, daraufträte und lachte.

Wer eine Sehhilfe braucht, ist im Grunde nicht gesund. Man schützt die Brillenträger vor Fragen, vor der Wahrheit. Man sagt nicht, du bist nicht gesund. Man mutmaßt nicht offen über die Gründe für Fehlsichtigkeit, macht kein Aufhebens wegen einer Brille, die verrät: Ich bin ein Fehler der Natur, ich würde ohne Hilfsmittel kaum überleben in der freien Wildbahn, ich wäre blind. Blinde werden schnell aus dem Weg geräumt, wenn es um die Wurst geht, sie tragen zu wenig bei. Man ist diskret, spricht nicht über solche Dinge, wir haben keinen Krieg, aber wenn die Brille auf den Boden fällt, dieses Klack und die unbeholfenen Schultern, ist für alle klar: Die braucht die Brille. Immer. Sie sieht sonst nichts, ist auch in Friedenszeiten unfähig zu voller Leistung, ohne Brille ist sie nichts wert. Deshalb ist die Geste, öffentlich nach einer Brille zu tasten, verfänglich und entlarvend. Die Frau würde heulen, aber nicht wagen zu schreien, vor Ekel, wenn ihre Finger anstatt der Brille einen harten Kaugummi ertasteten oder etwas Feuchtes, von dem sie sich zu denken zwingt, es sei nur ein Schluck Cola Zero, obwohl es nicht klebt.

Die Frau weint, hält das gelbe Taschentuch zwischen Daumen und Zeigefinger, balanciert die Hornbrille auf dem Oberschenkel, die Handtasche zwischen ihren Knien. Es ist bekannt, Multi-Tasking ist ein Mythos. Die Fähigkeit, verschiedene Dinge gleichzeitig zu tun, wird Frauen angedichtet. Aber auch Frauen sind nicht besser als Computer, die Dinge unglaublich schnell erledigen, jedoch nacheinander. Es wäre ein Leichtes, ihr die Handtasche zu entreißen, ich würde es gerne tun, um das *unattended* zu beweisen. Ich könnte sie aber auch wegen *suspicious behaviour* anzeigen: Sie weint.

Natürlich müsste ich die Situation verschärfen, um den Verkehrsbetrieben die Arbeit zu erleichtern, ich könnte ihr die Tasche entreißen und mich damit ein paar Schritte entfernen. Damit wäre erstens der Beweis geliefert, dass die Handtasche *unattended* war, und zweitens das unschickliche Verhalten der weinenden Frau auf den Punkt gebracht. Sonst könnte sie ja beim Erscheinen des Sicherheitspersonals das Weinen unterbrechen, die Situation abmildern und verfälschen. Das Risiko, dass ihre Trauer in Zorn umschlüge, müsste ich eingehen. Natürlich könnte ich sie vorher mit dem iPhone filmen, ein Beweis kann nie schaden. Zum Glück ist das gar nicht nötig. Ich lese erleichtert: *CCTV cameras in operation. This scheme is controlled by London Underground for further information 0845 330 9800.* Alles im Kasten. Anruf genügt.

Ob die Frau weint, weil sie keine gültige Fahrkarte hat? *Penalty fair or prosecution if you fail to show a valid ticket.* Ein fauler Trick, sich weinend durch die Masse schlängeln, sagen, das Ticket sei im Tränenmeer untergegangen. Die Handtasche fallen lassen, die Handtasche wegkicken, wie ein Sans-Papier, behaupten, man habe ein Ticket, aber gerade nicht hier, auch keinen Ausweis und natürlich kein Geld. Die Polizei würde die Frau abführen. Aber was, wenn es genau das wäre, was sie will? Weil sie kein Zuhause hat und hofft, gratis auf einem warmen Posten unterzukommen, Gespräch und Bett zu finden für die Nacht?

In Gedanken rekle ich mich wieder an der Pol-Stange, *Yeah,* ich würde dem Blonden dort hinten zuzwinkern, der Löcher in die Luft starrt und so tut, als starrten die Löcher zurück. Der ältere Inder neben ihm schaut zu Boden, wippt mit dem Fuß. Ich knöpfe meine Bluse auf und sehe: *Passenger emergency alarm at opposite door.* Ein guter Hinweis. Mein Blick schweift auf die andere Seite. *Passenger emergency alarm. Pull handle to speak to the driver.* Ich könnte Alarm schlagen, handeln, mit dem *driver* sprechen, die Frau melden oder gleich fragen, ob er John Miller heißt, ob er mit mir ausgeht, am Samstag im *Wimbledon Village* ein paar Tacos essen. Den Tequila denke ich dazu. Sage nichts. Wir könnten ihn auch im Zugdepot trinken, alleine im Wagen, nächtlich auf den blau-grünen Sitzen. Das Blau der Nacht, das Blau des Himmels und viel Gras. Das war nicht verboten, Rauchen schon. *No smoking.*

Lachhaft. Im öffentlichen Raum geschieht Schlimmeres als Rauchen, und es ist erst Morgen. *No Crying* müsste es heißen. Weinen steckt an, jeder hat Tränen dabei, ist bewaffnet, kann Täter werden, ein Knopfdruck und Bum, das Weinen treibt über die Schwelle zur ererbten Depression. Die erfasst auch die Nachgeborenen der gefährdeten Familien, treibt sie in den Suizid. Jeder stammt aus diesen Familien, wir fahren im Verwandtschaftsverband durch London, dem Weinen schutzlos ausgeliefert, wir schweben in Lebensgefahr.

Wenn ich überlebe, werde ich ein *member of staff* kontaktieren und fordern, ein *No Crying* anzubringen. Meine Argumente sind wasserdicht. Ein Vandalenakt, würde ich ergänzend dazu sagen, ein Vandalenakt, dieses Weinen, es vandalisiert die Sinne, kontaminiert das ganze Abteil, die Welt. *If you see a train being vandalised call the British transport Police 0800 405 040.* Soll ich diese Nummer anrufen?

Stiege die Frau aus, was gut wäre, könnte es sein, dass sie erst einmal gegen die Tür stieße oder im *gap,* auf den dauernd hingewiesen wird, einknickte. *Obstructing the doors can be dangerous.* Vor allem, wenn sie die Brille nicht gefunden hätte, nichts sähe, ihren Defekt zur Schau trüge. Sie wäre langsam, ihr Gang schleppend, die Augen trüb vor lauter Weinen. Die Wahrscheinlichkeit, dass die Frau beim Aussteigen Probleme macht, dass sie die *doors obstructed,* halte ich für hoch. Soll ich den *emergency alarm* betätigen? Ich könnte zuerst sachlich über die Probleme sprechen und später wegen der Tacos fragen, den Tequila verschweigen.

Die Frau weint. Eine Performance? Vor Kunst im öffentlichen Raum ist ja niemand mehr sicher. Irgendein hirnverbrannter Künstler kommt, leert einen Kessel Blut aus oder pinkelt sich leer, leert sich aus vor der Welt. Zu weinen wagt keiner. Keine Träne auf den Polstern, auf dem Boden, keine Träne beim Rausgehen, nur Blut, Urin und Cola Zero. *Items dropped in the doors cause delays. Please keep your belongings.*

Macht die Weinende das, was sonst niemand wagt, spielt sie? Der Kunst willen? Dann sitzt sie am falschen Ort, wenn sie schon eine Performance abziehen will, dann bitte auf der ihr zugedachten Bühne, dem *priority seat for people who are disabled, pregnant or less able to stand,* das steht da, alles steht da, in Gelb oder Blau oder Rot, man muss nur lesen können, bitte auf den Sitz für Leute, die anders sind, behindert, schwanger, vielleicht bist du schwanger, kannst nicht gut stehen, das ist klar. Mit dieser Tasche zwischen den Knien, der Brille, die auf dem Oberschenkel balanciert, den Schuhen mit Block-absatz. Herrgott, warum sitzt du dort hinten?

Mind the gap. Man soll die Lücke beachten zwischen dem, was man glaubt zu sehen und zu verstehen – hier sitzt eine traurige Frau, sie weint –, und dem, was wirklich dahintersteckt: Sie möchte die anderen beschämen, maßlos in die Irre führen, ihnen zeigen, ihr seid verführbar, nur an der Oberfläche zivilisiert, sie möchte Vorteile rausholen, Mitleid, ein Hustenbonbon, die Übernachtung auf dem Polizeiposten, vielleicht sogar einen neuen Lover. Hofft sie, dass Frauen eher reagieren, vielleicht steht sie schon lange auf Frauen, aber sie ist scheu und sieht in dieser Aktion die einzige Möglichkeit, eine Frau kennenzulernen, sie will mit ihr ins Bett, zum Beispiel mit der kleinen Rothaarigen, die mit dem grünen Schal und den Doc Martins aus Lack? Und da die dunklen Schuhe mit Blockabsatz darauf hindeuten, dass sie eine Baptistin ist, muss diese Art der Verführung für sie die einzige Möglichkeit sein, eine Frau ins Bett zu kriegen und sich dabei schuldlos zu fühlen.

Mit verlorener Brille könnte sie behaupten, sie habe nicht gesehen, dass es sich nicht um John Merton, sondern um Jane Miller handle, sie habe dem Menschen neben sich die Hand gereicht, in christlicher Absicht, und ihn dann, als es ernster wurde, auf dem Bahngleis, heiraten wollen, bevor etwas Unsittliches passiert wäre, bei *Tee and Biscuits* hätte sie vorgängig die Religionsfrage geklärt, ihre Bedingungen genannt, die sie schriftlich geben könne. Sie selbst habe sie schon unterschrieben. Seither wolle sie ihr Glück teilen, es vermehren mit John Merton.

Sie habe sich in der *Tube* nur kurz vergessen, das Weinen sei gekommen wie ein Schluckauf. Es habe nichts zu bedeuten, eine Art Reflex, etwas Körperliches. Wenn man unbedingt Bedeutung wolle, dann habe es sich um eine Art Reinigungsritual des Unbewussten gehandelt. Das komme vor, und sie trage auch nicht immer eine Brille, oft trage sie Kontaktlinsen.

Meine Station. Ich setze die Brille auf, stecke das gelbe Taschentuch ein, stehe auf und streiche beim Hinausgehen mit den Fingerkuppen über die Eisenstange. *Yeah.*

Der Abgang

Koffein, Filterkaffee, fein gemahlen, den stärksten Kaffee am Abend und in der Nacht, Filterkaffee ist immer stärker als Espresso, morgens um vier, mit einer Prise Salz, sagt er, das verstärkt den Geschmack, manchmal nimmt er zwei Prisen, dann drei, vier sind zu viel, drei auch, aber er sagt, Salz verstärkt den Geschmack, nimmt dem Kaffee das Bittere, er trinkt ihn ohne Zucker, nur mit Milch, isst Schokolade dazu, immer gleich die ganze Tafel, er bricht sie nicht, er beißt in die Tafel, und die bricht, wo sie will, da brauche ich keinen Zucker im Kaffee, sagt er, ich mag den Kontrast, ich brauche Salz, ich will Kaffeegeschmack, so viel wie möglich, reinen Geschmack, ich will an allem Geschmack finden, er lacht, ich glaube, er würde auf rostiges Eisen Salz streuen, bevor er es ableckt, er will wissen, wie Rost schmeckt, ob der Rost seit der Kindheit besser wurde, zwei Prisen, drei, auch vier, er trinkt manchmal ein paar Hühnereier und nimmt rohen Knoblauch auf Schwarzbrot, das ist gesund, er sieht es nicht als Ausgleich, manchmal schaut er zum Himmel, wenn es regnet, er hält den Mund auf, streckt die Zunge raus, jetzt geht es ihm gut, ich mache das auch, wenn es regnet, ich öffne den Mund, er lässt das Regenwasser in den Rachen tropfen, wahrscheinlich die einzige Flüssigkeit, die ihm nicht unmittelbar schadet, nach dem Kaffee nimmt er Valium, eine halbe Tablette, wahrscheinlich eine ganze, bestimmt zwei, um vier Uhr morgens wohl eher drei, er kann sich nur morgens entleeren, deshalb bleibt er lange auf, sitzt auf der Toilette, starrt an die Wand, raucht, es stinkt, und Alkohol rund um die Uhr, er schluckt Valium mit Schnaps, das gibt der Pille den nötigen Geschmack, damit er zwei, drei Stunden schlafen kann nach dem Kaffee mit Salz und Lust auf Rost, er sitzt in einer Rauchwolke und dem Gestank der Entleerung, er starrt an die Wand, er findet, Schlaf wird überschätzt, er hat Visionen, er träumt, wenn er nicht schläft, er trinkt aber auch Weißwein und Bier, beim Roten habe ich ihn nie gesehen, wahrscheinlich zu herrschaftlich, zu fremd das Reden über Farbe und Noten, Vanille und Cassis mit einem Hauch Arvenholz, Rotwein und Tannine können ihm gestohlen bleiben, dann doch lieber Nikotin, Rotwein schmeckt eh nach drei Packungen Zigaretten, mit hirnverbranntem Abgang, er starrt an die Wand, die Finger sind gelb, die Zehennägel auch, weiß jemand, ob das einen Zusammenhang hat, färbt das Nikotin durch, von oben nach unten, zuerst sichtbar, dann subkutan, ab Mitte Zeigefinger und Daumen bis nach unten, wo der Mensch aufhört, am Rand des Zehennagels, der gelb ist, ein echter Mann achtet nicht auf seine Zehennägel, und zwischen Daumen und Zeigefinger hält ein Mann, der keine Fotze ist, die Zigarette, breitbeinig, gebückt, mit dem Blick, den er als junger Mann vor dem Spiegel geübt hat, dem James-Dean-Blick, er starrt an die Wand und durch sie hindurch nach draußen, in die Weite, als wäre er im Gefängnis, wo ein echter Kerl auch hingehört, von Zeit zu Zeit, so sitzt er auf dem Klo, er hat Visionen, er träumt und plant den Jahrhundertausbruch, der gelingt, wer so raucht, der kann ausbrechen, er baut Tunnel oder hechtet über den Stacheldraht, nach drei Packungen Zigaretten, das darf niemand wissen, er will das vor der Welt verbergen, keine Ahnung, weshalb, er treibt Sport, dein Körper ist dein Tempel, sagt er, rennen kann er wie die Sau, er fährt mit dem alten Fahrrad über Pässe, es hat nur einen Gang, glaube ich, vielleicht sind es drei, er klettert auf Berge, er sagt, ich achte auf meine Bauchmuskeln, die muss man sehen, sonst siehst du nicht gut aus, und er macht den Überschlag, er ist ein Akrobat, wenn er zu fett wird, setzt er die Schokolade ab, streicht die Hühnereier und den Knoblauch auf Schwarzbrot, pausiert mit dem Schnaps, frisst grünen Salat, sonst nichts, zwei, drei Schüsseln, mit wenig Sauce, bis er das Gewicht erreicht hat, das er will und braucht, aber woher bekommt er eigentlich täglich die drei Packungen Zigaretten, niemand weiß es, nur die Kioskfrau, er ist immer üppig ausgerüstet mit Genussmitteln, selbst im härtesten Knast würde es ihm an nichts mangeln, auch im Krieg nicht, er würde besser zur Geltung kommen als zu Hause, in Freiheit und Frieden, rauchend könnte er im Dreck und im Knast den Beweis antreten, dass er keine Fotze ist, schau mal, wie ich rauche, die Zigarette zwischen Daumen und Zeigefinger, er könnte jederzeit und überall für sich und seine Freunde die gewünschte Anzahl Stangen auftreiben und sich, um nicht verarscht zu werden, ertüchtigen mit Liegestützen, im Knast und in jedem anderen Loch kann ein Mann seine Finger kräftigen, er muss, er würde sich mit den Fingern am Fenstersims hochziehen, wie im Film, Eigengewicht ist das beste Training, sagt er, und du musst schnell und wendig bleiben, immer, der Angriff kann jederzeit kommen, auch von hinten, er sagt, das Herz und die Finger müssen stark sein, er schlägt zu, mit der Handkante, mit der Faust, ohne das Zögern, das sich Herrschaften leisten können, geschwächt von Erziehung und Rotwein, die lesen und schreiben, er kann beides nicht, jedenfalls nicht gut, seine Rechte ist seine Rechte, er ballt sie, wenn er an die Wand starrt, in Deckung, Kameraden, er überlebt im Krieg, in jedem Krieg, und ihr nicht, in Deckung, Kameraden, denn er zermalmt euch den Kiefer, und dann drückt er mit dem Daumen an eine Stelle, wo es sehr wehtut, er sagt nicht, wie viel er raucht und trinkt, wie wenig er schläft, es ist sein Geheimnis, er lacht laut, er will Kontrast, er lacht drei Lachen gleichzeitig, sie kommen aus seinem Tempel, der sein Körper ist, ich sehe ihn am Tag bei Rivella, in Turnhose, Adidas, ein Nichtraucher, der auf einen Campingplatz gehört, alles über den Grill weiß oder Karnickel züchtet, er sitzt da ohne Zigarette, er wirkt tot, wie geht das, raucht der später drei Zigaretten gleichzeitig, Marlboro, im Trockenraum und im Keller, auf dem Balkon, abgeschirmt durch eine Wand aus Pressholz, auf der Toilette, seine Finger sind gelb, Daumen und Zeigefinger, die gelbe Spur taucht Mitte Finger in den Körper, um unten die Zehen zu färben, es stinkt, er stinkt, es riecht verbrannt, wie eine *ver-*

brennti Zaina, herrje, ein verbrannter Korb, Korber hätte
er sein können oder Messerschleifer, es hätte gepasst, ein
schöner Nomade, rotes Haar, wendig, zäh, brutal, er
spitzt seine Zähne an als Junger, er feilt sie, das war ein
Fehler, sagt der Zahnarzt, und er lacht mit angespitzten
Zähnen über den Zahnarzt, drei Mal lauter als die anderen, er liebt einzig die Tiere, die kommen zu ihm, die
scharfen Rüden, die wilden Hengste, sie riechen an seiner Rechten, das Nikotin berauscht sie, seine starken
Finger und seine Faust, ich schaue die Hunde an, und die
werden scheißzahm, sagt er, er wünscht sich einen Rottweiler, die beste Rasse, sagt er, der Rottweiler beschützt
die, die er kennt, Hunde und Pferde lieben seinen Geruch, Menschen nicht, ich liebe den Geruch auch nicht,
aber ich liebe den Mann, es riecht verbrannt, mit der Zigarette und mit dem Rauch hat das nichts zu tun, vielleicht mit dem Filter, den er kaut und raucht, weil er zieht
und saugt wie ein gieriger Säugling, bis nichts mehr da
ist, er hätte noch weiter gesogen, er hätte seine Mutter
aufgesogen, sich selber geraucht, vielleicht hat er sich selber geraucht, vielleicht ist das sein Gestank, er brennt ab,
schnippt sich auf den Parkplatz, ein hirnverbrannter Abgang, das klingt richtig, das klingt wahr, ich weiß, dieser
Geruch hat nichts mit Zigaretten zu tun, auch nicht mit
drei Packungen, mit Tabak schon gar nicht, Tabak riecht
nach Lagerfeuer, nach Sonne, Tabak ist schön, der Duft
aus der Ferne, sagt er, für Tabak muss man über das Meer
reisen, viele Wochen, ja Monate, er träumt davon, er will
Schiffsjunge sein auf einem Tanker, für Tabak muss man
bereit sein, sein Leben zu riskieren, man muss bereit sein,

eine Kiste Zigarren unter dem riesigen Arsch einer kubanischen Mama zu klauen, die Zigarren hütet wie ihren Erstgeborenen, für sie ist Tabak mehr wert als eine Ladung Goldbarren, sie wäre bereit, dich mit dem Schneidemesserchen aufzuschlitzen, Mann, ihr ist das egal, deine Rechte, deine Finger, die Bauchmuskeln, das Akrobatische und ob du auf der Toilette an die Wand starrst, dem Meridian entlang schlitzt sie dich auf, nicht, weil sie weiß, wo der verläuft, die Rollerei in der Zigarrenfabrik hat sie zur Maschine gemacht, eine Maschine, die nicht viel denkt, die rollt und rollt, der Rest ist Instinkt, der geblieben ist, der Killerinstinkt, der bleibt, wenn jemand total mechanisch geworden ist oder total unverdorben lebt, sie sieht nur die Zigarren und den Erstgeborenen, die Liebe zum Erstgeborenen ist die gleiche wie die zu den Zigarren, es ist eine heftige Liebe, unkontrollierbar, das Schneidemesserchen ist scharf, wahrscheinlich wie ein Teppichmesser, das man in der Schule Japanmesser nennt, oder ein Skalpell, eine Rasierklinge, egal, sie würde dich aufschlitzen wegen einer Kiste Zigarren, ein Mann weniger, das wäre ihr ganz und gar egal, und dir auch, und der Welt auch, nur mir nicht, vor allem, wenn es regnet, und auch die Kioskfrau würde deinen Abgang bemerken, weil du nie mehr kommst und Zigaretten kaufst.

Der Puder

Im Heft der ersten Klasse steht: dudir, verer, savurar, gustar, palpar, scriver. Fa frasas!

Hören, sehen, riechen, schmecken, tasten, schreiben. Bilde Sätze!

Du hörst den Spatz. Er sieht die Gemse. Wir riechen Taubenmist, er riecht süßlich. Sie schmecken Bratensauce, sie ist rauchig. Ihr tastet im Dunkeln nach einem Stück Brot. Ich schreibe, weil ich mich schäme zu sprechen.

Adam und Eva waren nackt und schämten sich nicht. Sie hatten keine Eltern, sie hatten nur einen Gott. Nie hatte ihnen ein Mensch die Windeln gewechselt, nie mussten sie betteln um Nahrung, nie waren sie dem Blick und dem Tun ihrer Eltern ausgeliefert, nie waren sie ein Bündel ohne Sprache und Verstand. Nie hatte ein Mensch ihretwegen die Nächte durchwacht, nie einer am Krankenbett gebetet, nie hatte einer jede Unart geduldet, das Hässliche an ihnen, nie war einer selig gewesen über ihr Lächeln.

Adam und Eva kamen in die Welt ohne Scham, niemand hatte sie beschämt, als sie nicht unterschieden zwischen Gut und Böse, zwischen Ich und Du. Sie hießen Adam und Eva, und meine Mutter sagt, sie waren auch

Menschen. Mein Vater sagt: Ich habe keine Zeit. Ich schreibe: Sie waren keine Menschen, sie waren glücklich, bis sie von den Früchten des Baums, der mitten im Garten stand, gegessen haben. Die ersten Menschen standen mitten im Garten und schauten zu Boden. Dann gingen sie fort.

»Gott ließ östlich vom Garten Eden die Cherube sich lagern und die Flamme des zuckenden Schwertes, den Weg zum Baume zu bewachen.« – Nötig war das nicht. Klingt aber sehr beeindruckend.

Ihr tastet im Dunkeln nach einem Stück Brot.

Hier muss man über die zärtliche Hand sprechen, die einem Kind über den Kopf streicht. Damit die Geste erträglich ist, stelle man sich das Kind bitte nervös und anspruchsvoll vor, die Geste hastig, ja wirsch, als würde etwas Schreckliches folgen. Nur mit der Pistole an der Schläfe könnte ich laut sagen, wie bedrohlich die Geste ist, hinterhältig und verachtenswert. Man müsste sie aus der Welt verbannen. Alles Unheil steckt in ihr, ein süßes Versprechen, das kein Leben halten kann.

Ich schreibe, weil ich mich schäme zu sprechen.

Ich konnte keinem Mann aufs Genital schauen, ich habe nur so getan, als würde ich es begehrlich betrachten. Ich schaute meiner Kundschaft nicht zwischen die Beine. Da würde der Zuhälter noch heute lachen, hätte ich je einen gehabt; er würde mir raten, besser Handarbeitslehrerin zu werden, falls ich das Einfädeln nicht für obszön hielte, oder das Häkeln, vom Stricken zu schweigen.

Aber ich habe keinen Zuhälter, hatte nie einen, lieber habe ich mir selbst alles zugehalten, vor allem das Böse, das Schlechte, die Sünde, und damit meine ich nicht den Umgang mit den Freiern, das sei davon ausgenommen, ich meine echte Sünde. Hätte ich einen Zuhälter gehabt, ich hätte die Schuld auf ihn schieben können, auf das System, das Frauen verachtet. Die Vorstellung, einen Zuhälter zu haben, bringt mich zum Lachen.

Ich muss jetzt lachen. Das macht mir Mut, denn nach dem Geständnis musste ich eine Pause einlegen, habe hinter der Kasse in meiner Konditorei an der Oberdorfstrasse ein Schinkenbrötchen gegessen, dann den Berliner von gestern.

Du hörst den Spatz.

In einer Stunde wird es hell, in einer Stunde öffne ich die Konditorei, mein letzter Tag beginnt, der letzte Tag der Probezeit; ich kann nicht darüber sprechen, aber ich schreibe: Ich habe die Probezeit als Konditoreiverkäuferin in Zürich nicht bestanden. Madlaina Stupan, Metzgerstochter aus Ramosch, verkrachte Studentin der Theologie, ist durchgefallen. Die edle Variante ebenfalls, Magdalena de Stoppany, Urenkelin von Zuckerbäckern in Triest, teure Prostituierte. Ich bin das Wort nicht wert, nicht das Geld, nicht den Blick. Heute ist Feierabend.

In der Nacht werde ich auf der Straße stehen, ich werde mich schämen, aber ich fürchte mich nicht. Wer die Probezeit nicht besteht, ist frei.

Wir riechen Taubenmist, er riecht süßlich.

Ich trage den langen, schmalen Jupe in Beige, seitlich hochgeschlitzt, am Gürtel das rote Etui mit dem Jagdmesser, Riemchenschuhe, feine hautfarbene Strümpfe, die Naht schnurgerade, eine Seidenbluse, vanillefarben, daran viele kleine Knöpfe, sie schließen das geraffte Vorderteil, auf der Höhe des Handgelenks bis Mitte Arm sind sie zierlicher, bauchig und rund, mit dem glänzenden Blusenstoff bezogen, locker angenäht, die Knopflöcher eng, die Bluse wird heute zum ersten und letzten Mal getragen.

Ich habe das Schinkenbrötchen gegessen und den Berliner, ich habe dazu Cola Zero getrunken und daran gedacht zu vernichten, was ich schrieb, und wegzugehen, ich habe daran gedacht, ins Wasser zu gehen, es ist nicht weit.

»Ins Wasser gehen« fand ich schon immer elegant, sehr elegant, dazu poetisch und anziehend wie eine geheimnisvolle Aufforderung, sich in eine Reihe zu stellen – Next, please! –, und dann passiert das Wunder.

Ich nehme einen Schluck Cola Zero. »Wer durstig ist, der komme. Wer will, empfange umsonst das Wasser des Lebens.«

Ich wüsste, wie das geht. Der Gang müsste aufrecht sein. Das Becken bewegte sich minimal. Die Frisur: ein Chignon aus zwei geflochtenen Zöpfen, dicke Zöpfe, locker angelegt, in sattem Muskatbraun, eine große Hornspange, in ihrer Mitte der fedrige weiße Streifen, eine Wolke am Mittag. An den Ohren filigrane Goldohrringe, wie die der Engadiner Festtagstracht, sie zitterten bei jedem Schritt, die Charms am silbernen Bettelarmband klingelten dazu. Eine Perlenkette, die Kugeln aus Elfenbein, doppelt getragen, die Schließe mit Diamantrosen dicht besetzt. Am Mittelfinger der Ring mit der ovalen Emailfassung, darin der versiegelte Smaragd-Cabochon aus Indien.

Ich stünde im Wasser. Das Wasser stiege hoch, es zeichnete einen dunklen Rand auf die feine Gabardine, ich sähe, wie es über meine Knie kommt und höher, ich legte mich in den See, aber nicht bäuchlings, das wäre grob, ich neigte mich leicht zur Seite, auf die Seite des Gehschlitzes.

Hätte ich Steine in die Taschen gepackt? Das wäre gegen den Kodex, die Steine störten mein Ideal vom Ins-Wasser-Gehen. Da könnte ich mich gleich vor den Zug werfen oder von der Brücke stürzen, es wäre nicht nötig, vorher zum Coiffeur zu gehen und hellen Puder von Dior aufzulegen. Nein. Keine Steine. Ich würde es, gegen jede Belehrung, schaffen, das Gesicht unter Wasser zu drücken und im Wasser liegen zu bleiben. Ich atmete durch Nase und Mund gleichzeitig, tränke ohne Hast, ich hätte Zeit. Mit einer Unterwasserkamera könnte man das betörende Rot des Lippenstifts festhalten, wie die Frisur hält und der Jupe winkt bis zuletzt.

Meine Augen blieben offen, und die Leute am Ufer, darunter alle meine Kunden, klatschten, ein Kunde fühlte sich besonders angesprochen, er tanzte glücklich und erregt auf und ab, während andere Anstalten machten, mich doch noch zu retten, im Wissen, dass sie damit den Auftritt verderben würden.

Ich schäme mich, dass ich das denke. Ich werde nie darüber sprechen, ich werde niemanden fragen, ob ins Wasser gehen liederlich genug ist, um als wahre Eleganz durchzugehen, die von einem Schuss Liederlichkeit lebt, wie das betörende Parfum von der Kleinstdosis an Fäkalem. Wahre Eleganz hat keinen Willen, ein Wille schmälert sie, macht sie oberflächlich. Wahre Eleganz schielt nicht auf den Applaus der Zuschauer und Kunden, die zu Dutzenden herumstehen. Wahre Eleganz sucht nicht den Bezug zu anderen Eleganzen, sie ist ohne Vorbild und Vergleich, selbstvergessen, sie hat kein Ziel, sie sucht den Nutzen nicht, sie schult sich früh am Anblick eines Raubtiers im Sprung, am Anblick einer reifen Frucht, daran, was diese Frucht dem Blick erlauben könnte.

Ich sehe den Schüler der Eleganz auf seinem Spaziergang. Ein schwüler Nachmittag. Der Schüler schlendert, schaut zu Boden, bleibt stehen. Eine Erdbeere. Sie hängt vorne am Stängel, schwer, das Haupt fast im Staub, seitlich eine weiße Delle.

Eine andere hängt hinten im Gebüsch, größer, runder, sehr rot ist sie. Vorbildlich, denkt der Schüler, vorbildlich. Er geht in die Hocke, seine Hand zittert, er hält kurz inne und greift nach der Erdbeere, die vorne hängt. Die Hand zittert nicht mehr, sie beschreibt eine Bewegung, als hätte sie kein Ziel, als überlegte sie, aber sie pflückt, der Schüler prüft die Erdbeere, sie besteht, er lässt sie fallen, hebt sie auf, zerdrückt sie langsam, er zerreibt die Erdbeere zwischen Daumen und Zeigefinger und leckt den Brei ab.

Ich lecke mir den Puderzucker von den Fingern.

Kam ich auf die Erdbeere, weil sie in eleganten Häusern gläsern an Murano-Leuchtern hängt, wo bei eleganten Partys zum Champagner die Erdbeerpyramide mit ihrem Grün gehört, wo sie auf der ovalen Silberschale liegt, frei von jeder Hemmung, damit jeder ohne Scham esse und trinke, tanze, küsse? Ist Eleganz die träumerische

Rückkehr in den paradiesischen Garten, der in Trümmern liegt, schöner denn je, lebt sie auf dem Grund und Boden der Schamlosigkeit und ihrer Konsequenz? Komme ich auf die Erdbeere, weil diese Frucht nach Scham schmeckt? Reichte Eva Adam eine Erdbeere? Das hätte auch ohne Champagner sehr elegant ausgesehen.

Ich schreibe, eu scriv, perche ch'eu am svarguogn da discuorrer.
Meine Mutter wünschte, seit ich denken kann, dass ich meinen Lebensunterhalt an der Coop-Kasse verdiene, das war mein Auftrag. Gegen diesen Berufswunsch hatte ich nie etwas einzuwenden, warum auch, er kam mir logisch vor, krisensicher, sozial, klassisch. Ich wäre unter Leute gekommen. Alle hätten sie an mir vorbeigemusst. Um mich wäre niemand herumgekommen, ein ganzes Arbeitsleben lang. Coop hätte mir Werktag um Werktag ein warmes Zuhause geschenkt, einen gepolsterten Drehstuhl mitten im Dorf, ein eigenes Namensschild – *Madlaina Stupan* in Druckbuchstaben –, geregelte Pausen, um im Raum neben dem Lagereingang meinen Nussgipfel zu essen, meinen Milchkaffee aus der Tüte zu trinken. Kollegen. Eine überschaubare Welt. Die Klienten brav in ihrer Schlaufe, am Hundefutter vorbei, an den Milchprodukten, Büchsentomaten, am Bio-Senf, Waschmittel, an den Bleistiften, um schließlich bei mir zu landen. Vom Himmel aus gesehen ein Ameisenvolk, das seine Königin ernährt.

Die Königin sitzt, ihre Zofen und Handlanger stehen vor ihr, Bittsteller. Deren Ware wird auf dem schmutzigen kleinen Laufband transportiert, die Strecke bis zur nächsten Abgrenzung in Form eines Kunststoffleistens, schwarz, quälend lang, und es steht in der Macht der Königin, das Band jederzeit anzuhalten.

Die Zofen und die Handlanger, sie stehen vor der Kasse, das wahre Personal in diesem Schuppen, es kramt nach Geld im schäbigen Portemonnaie oder in der edlen Geldbörse von Hermès, die mit der lebenslangen Garantie. Wenn genug Münzen rausgefallen sind, weil da Löcher sind, darf man die Lederware, die zu dienen hat, lebenslänglich, im Geschäft an der Bahnhofstrasse zu Reparaturzwecken abgeben.

Die Königin lacht rau, wenn sie an die blasse Verkäuferin bei Hermès denkt, an deren hoch angesetzten Pferdeschwanz, an den diskreten Gloss auf den schmalen Lippen. Die blasse Verkäuferin tut so, als nähme sie das abgenutzte Stück gerne in die manikürten Finger, ja mit dem allergrößten Vergnügen, noch so gerne, lieber als den Kelly Bag, Handarbeit seit 1935, für ein paar Tausender zu verkaufen, viel lieber, so freundlich nimmt sie das Portemonnaie mit den Löchern entgegen.

Die nickende Verkäuferin, die das Lippenpiercing für den Job an der Bahnhofstrasse entfernen musste, kommt nach der Annahme des guten alten Stücks mit zur Tür, komplimentiert die Kundin auf das teure Pflaster, und sobald die vor dem Geschäft steht, erlischt das Lächeln – auf beiden Seiten gleichzeitig, als ob Hermes, Gott der Kaufleute und Diebe, persönlich das Licht abgedreht hätte.

Das ist lächerlich, sagt die Königin, und es ist eine Schande, wenn vor meiner Kasse die Coop-Karte zu Boden fällt oder wenn durch Unachtsamkeit Münzen klirren, könnt ihr nicht aufpassen, ihr Untertanen, euch konzentrieren, etwas Respekt zeigen, zumindest Diskretion? Was soll das Geraschel mit Scheinen? Schweizer Franken, das geht noch, aber Euro oder unbekannte Währungen; ich darf nicht daran denken. Die Strafe für ihr Entgleiten müsste ich mir noch ausdenken. Haltet still! Ihr sollt euch nicht erheben gegen die natürliche Ordnung!

Beim Bücken werden die Machtverhältnisse klar. Jetzt könnte die Königin sagen: Bleib so! Verharre bis ans Ende deiner Tage! Schäm dich, du gieriges Tier! Alles wolltest du haben: Fisch und Fleisch, Milch, Eier, Butter, raffinierte Saucen, Erdbeeren, das Wohlwollen der Königin, einfach alles. Socken hast du gekauft, weil du deine nicht flicken kannst oder willst, du hast sie weggeworfen wegen eines kleinen Lochs vorne rechts, an der großen Zehe, hast keine Nadel, kein Garn im Haus, klar. Du denkst, es sei unter deiner Würde, Socken zu stopfen. Dabei hast du keine Würde mehr, weil du alles kaufst. Am liebsten würdest du die schmutzigen Teller nicht abwaschen, sondern sie wegwerfen, einfach so, in den Müll damit. Deine Kinder, wenn sie nicht geraten, wie du es für richtig hältst, wenn sie zu viel trinken oder in Bijouterien einbrechen oder schon viel früher nicht alle Chromosomen beieinanderhaben oder die falschen: weg damit! Das Gleiche mit der Unterwäsche, schmutzige Unterwäsche: einfach wegwerfen. Kauf dir neue, im Coop oder bei La Perla. Egal. Einfach kaufen. Du meinst, das mache dich frei. Es macht dich zur Sklavin der Kassiererin, die dich in jede Haltung zwingen kann, die ihr gefällt.

Ja, ich habe meine Mutter enttäuscht. Ich bin ihre Lebensenttäuschung. An die Coop-Kasse habe ich es nicht geschafft; ich war zu schwach, mir fehlte die Konstitution, der Biss, die Härte, auch der gesunde Hals, der dem Durchzug an der Kasse widersteht. Ich werde nie mehr nach Hause zurückkehren können, der Weg in mein Dorf, in mein Tal ist versperrt, irgendetwas steht zwischen meiner Mutter und mir, zwischen allen Menschen und mir, vor allem meinen Nachbarn, die mich kannten, die mir zugetraut hatten, dass ich es in den Coop schaffen könnte.

Sie schmecken Bratensauce, sie ist rauchig.

Bevor ich ging, schaute ich meinem Vater zu. Varguogna!, sagte mein Vater. Ihm ging es um die Fliege, er hatte sie nicht erwischt. Nun legte er seinen Blick erneut auf das Tier, das auf dem wackligen Klubtisch saß. Sag dem Leben adieu, dachte ich.

Der Vater formte seine große Hand zur Fangschale, die sich behutsam, ja zärtlich der Fliege näherte. Blitzschnell klappte sie zu, ich schloss die Augen, die Fliege summte tief in der Faust des Vaters, die locker saß und lässig. Die Fliege summte höher, wie unter Kräften der Beschleunigung. Die Fliege sang, und mein Vater zerdrückte die Fliege langsam, er öffnete die Hand und betrachtete die zuckenden Beinchen mit glasigem Blick. So sah er aus, wenn er glücklich war oder stolz. Der Vater nahm die Fliege mit den trockenen Fingern der anderen Hand auf und zerrieb sie. Dann streute er ihren Leib auf die Asche im Aschenbecher, neben eine Kugel aus Alufolie und ein paar ausgedrückten Zigaretten, von denen eine noch etwas qualmte. Dass dieser Rauch anders riecht als der einer brennenden Zigarette, die der Vater im Mund führt, weiß jeder. Der Rauch riecht nach noch nicht verbrannten Fliegen.

Mein Vater stand auf und ging in die Küche. Ich hörte, wie sich die Türe des Kühlschranks öffnete. Jetzt trank er Milch aus der Tüte. Ich war erleichtert. Die Mutter nickte mir zu. Verschwinde!, hieß das. Glaube ich.

Mir fällt die Geschichte von der Kassiererin und dem Magaziner ein, die fristlos entlassen wurden. Es war ein halbes Jahr vor meiner Matura. Die Kassiererin und der Magaziner knutschten gerade im Pausenraum neben dem Lagereingang, als der Filialleiter eintrat; er hatte die beiden mit ein paar Ladendiebstählen konfrontieren wollen; es ging um Küchengeräte und Hygieneartikel. Die Verliebten stritten alles heftig ab, aber der Filialleiter war von ihrer Schuld überzeugt. Sie schauten zu Boden und gaben alles zu. Sie durften ihr ganzes Leben nie mehr bei Coop arbeiten. Die Frau wurde Mutter, der Mann arbeitete auf dem Bau. Kein Cherub weit und breit.

Auf der Zugfahrt nach Zürich musste ich mein Schinkenbrötchen mit viel Mayonnaise und die Cola Zero in die Toilette der Rhätischen Bahn erbrechen. Das Erbrochene fiel auf die Schienen und blieb dort liegen; es liegt noch da, zwischen Ardez und Lavin. Ich rieche es bis in die Konditorei, es liegt über den Berlinern und Erdbeertörtchen.

Seit ich denken kann, halte ich die Magdalenas, die vor mir gelebt haben, die mit mir leben, und die, die es nach mir geben wird, an den Händen. Madlaina Stupan und Magdalena de Stoppany halten sich an den Händen. Wir sind ein weltumspannender Kreis von Magdalenerinnen. Unser Name ist Auftrag: auf jesuanischen Pfaden schreiten, das Gegenüber vollständig annehmen und unsere heilige Pflicht jederzeit erfüllen, die Füße unseres Herrn mit Öl massieren, sie mit unserem Haar trocknen, jeden Wunsch erfüllen und dazu alles, das entspannt oder zur Wahrheit führt, mit Hingabe fördern. Von unserem Herrn dürfen wir erwarten, dass er uns zu keinem Zeitpunkt langweilt.

Was ich hätte tun müssen: in der Stadt Zwinglis Theologie studieren. Pfarrerin wollte ich werden, auf die Kanzel steigen, eine Art Ersatzkasse, von dort aus regieren. Im Pfarrhaus wohnen, alleine – zur Strafe. Mich um das Religiöse kümmern in der Schweiz, die Landeskirche beleben, ja retten. In der Mitte der Schweiz wollte ich mein Pfarrhaus sehen, einen Garten darum, alte Linden, Kletterrosen, Erdbeeren.

Ich schreibe, weil ich mich schäme zu sprechen.

Nachdem ich das Studium abgebrochen hatte und aus der Prostitution ausgestiegen war, verschaffte Burger mir den Job in der Konditorei. Burger kam sich das Hemd zuknöpfend aus dem Bad und sagte: Ich habe da etwas für dich, Darling. Die anderen Kunden kannst du fahren lassen, aber mich musst du behalten. – Mach dir jetzt keine Sorgen! Schau nicht so! Keine Angst, du kannst da wohnen. Im Hinterzimmer. Nicht sehr feudal, aber ich helfe dir mit der Einrichtung, du hast ja sicher kein Geld, alles ausgegeben, Magdalena, alles liegen gelassen in Geschäften, die dir nicht guttun. Schmuck und Waffen.

Wir wollen darüber nicht sprechen. Du versprichst mir, dass du mir weiter zu Diensten stehst, ich beschaffe dir einen anständigen Job, der Rest ist uns beiden egal.

Burger hat mir einen anständigen Job verschafft. Hinter der Kasse der Konditorei sitze ich heute dank ihm, ich bin Magdalena de Stoppany, fast eine Zuckerbäckerin, sonst nichts, ausgewandert wie Tausende vor mir, die sich in der Fremde eine weiße Schürze umgebunden haben. Einige kamen zurück, andere blieben, alle starben. Ich hätte einen Palazzo bauen wollen, ich begehrte einen eigenen Brunnen mitten im Dorf, gleich neben dem Coop.

Jeder, der durch die Oberdorfstrasse spaziert, kann mich heute zum letzten Mal durch das Schaufenster betrachten; heute bin ich noch einmal jedermanns Püppchen, jedermanns Schnittchen.

Sieben Uhr. Ich tauche auf. Das Schiebefenster steht offen. Ich sitze hinter der Kasse und lecke den Puderzucker von den Fingern, da steht eine Gemse vor meiner Konditorei. Ein junger Bock, er nässt in Kauerstellung wie die Geißen, seine Figur gleicht der einer Geiß, und dass er keinen Pinsel hat, verrät ihn als nicht einmal dreijährig. Ich sehe seinen Hodensack und greife nach meiner Büchse, die neben der Kasse steht, eine Blaser-Kipplauf, mein Prachtstück, mit ziselierter Seitenplatte, feine englische Arabesken, Reh und Hirsch, handgestochen. Ich streiche mit dem Zeigefinger über die Gravuren der Basküle, über Abzugsbügel, Laufwurzel, Kimmen- und Kornsockel, über den Patentschnäpper. Mein Monogramm, das das

Stahl-Pistolengriffkäppchen ziert, ruft mich zur Ordnung, ich umfasse den schlanken, starken Leib der Büchse und ziehe eine Patrone aus dem Leder am Lauf.

Ich verehre diese Patrone seit jeher, ich verehre Teilmantel-Kegelspitz-Geschosse, ein eleganter, bewährter Typ; seine Deformationskraft berauscht unzählige Liebhaberinnen. Kaliber 10,3 mm × 60 mm R, die universelle Hochwildpatrone, im Wald und für Bewegungsjagden, auf weite Distanz und für städtisches Schießen morgens um sieben. Geschossgewicht: 12 Gramm. 12 ist meine Lieblingszahl. Quersumme 3. Ein schönes Gewicht. Hohe Geschwindigkeit, gestreckte Flugbahn zwischen dem Bock und mir.

Das »R« steht für Rand, ein Bruch, er gliedert das geschmeidige Objekt frivol und schmeichelt den Fingern. Am Kopf der runde Bleikern, der verheert, er leitet die Energie in den Körper des Wilds, erfüllt meine letzten Wünsche auf der Gasse vor der Konditorei.

Ich drücke den Verschlusshebel nach rechts, klappe den Lauf auf. Ich lade. Mit dem gleichen Daumen schiebe ich den Spannschieber nach vorne, spanne, entsichere, lege an, sehe das Zielfernrohr ab. Die Charms an meinem Bettelarmband klingen wie ein Windspiel, Swarowski-Kristalle in Silber-Initialen glitzern aufgeregt, das Herzchen baumelt neben dem Glauben und der Hoffnung, die Erdbeere aus Email leuchtet knallrot am gemaserten Nussbaumschaft der Klasse 9, bayrische Backe mit Doppelfalz und Ebenholzabschluss.

Der Bock steht breit da. Er ist so weit. Ich denke: Deckung, Sicht, Kugelfang. Die Gemsbrust im Visier. Ich ziehe durch. Zum Frühstück Herz und Lunge mit einem Latte Macchiato.

Der Knall fährt in Stadt und See, er fährt in die Berge, er erfüllt den kleinen Raum, die Ohren schmerzen und pfeifen, der Rückstoß kommt gedämpft, dank Gummikappe, das zarte Schlüsselbein bleibt heil. Der Bock fällt. Ich entlade die Waffe, die Patrone in meiner Hand wie warme, atmende Haut, der Geruch nach Zigarette, Hemd und Werkzeugkoffer des Vaters vermischt sich mit dem Maiglöckchenparfum und den Düften von Berlinern, Erdbeertörtchen und Diplomats. Ich ziehe die zweite Patrone aus dem Leder, lade nach, lege an, das Schussbild ist gut, kein Krell-, kein Laffenschuss, keine Zähne oder Knochensplitter, die Gemse ist zusammengesackt und springt nicht mehr auf; ich bin erleichtert. Der mächtige Hirsch rennt noch lange, bis er fällt, wie ein geköpftes Huhn auf Todesflucht.

Ich entspanne, entlade und drehe mich um. Sterbenden darf man nicht zusehen, man schaue, die Hand des Sterbenden haltend, zu Boden, und wenn er wünscht, angesehen zu werden, schaue man durch ihn hindurch und denke ans Leben.

Ich wünschte, ich hätte einen kapitalen Bock geschossen, fünfjährig, tiefschwarze, glänzende Krucken, massiv und in harmonischer Krümmung, dichtes dunkelbraunes Fell, länger auf dem Nacken, wie eine Mähne, Gamsbart. Ich greife in mein Haar, sichere, fasse das Gewehr am Riemen und stelle es neben die Kasse. Ich drehe mich um, gehe in mein Zimmer hinter dem Verkaufsraum und stelle mich vor den Spiegel. Alles ist gut, sagt er.

Beim ersten Vaterunser öffne ich die Puderdose. »Puder« ist ein schönes Wort. Puder, *pudor: Forever Pressed,* Nr. 001 *Transparent Light.* Kompaktpuder ist unsichtbar, frischt mit ultrafeiner Textur das Make-up auf, verschmilzt mit meiner Foundation. Für höchsten Tragkomfort.

Der Kabuki-Pinsel: dichte, runde und flache Borsten, ein Traum aus Ziegenhaar, ideal, den Puder aufzunehmen. Ich nehme Puder auf, streiche über Kinn und Nase, ich pudere die Augen, mattiere Wangen und Stirn, verblende den Teint und betrachte den sanften Nude-Skin-Effekt.

Meine helle Haut sehnt sich nach einem Akzent Rouge; *Pudeur* für manifeste Scham nach dem Schuss auf eine Gemse und mehr Ausstrahlung, der Blush umhüllt mit Farbe und Licht, ja Strahlen, vor allem das perlmuttschimmernde Finish. Ich trage *Pink in Love 889* auf die Wangenknochen auf, betupfe Kinn und Zornesfalte, spreche das zweite Vaterunser.

Die Augenbrauen ziehe ich mit *Eyebrow and Eyeliner Compact* nach, für die ausdrucksstarke Definition und den natürlichen Look. Farbtreue durch Luminous-Technologie, lang haftend, Multi-Nutrient-Factor, gut verträglich, wie die Fachärzte wussten. Der Pinsel ist doppelseitig ausgestattet, auf der einen Seite liegen schräg abgeschnittene Borsten aus Ponyhaar, auf der anderen ein Schaumapplikator. Ich bevorzuge Borsten, tippe die Farben an und fahre über die in Form gezupften Brauen, um sie, betend, optisch anzuheben.

Mit dem buschigen Bürstchen aus der Mascara *Volume Effet Faux Cils Shocking,* 003 *Black Bronze* tusche ich drei Mal den oberen Wimpernkranz. Mystisch, geheimnisvoll, anziehend macht die Mascara, sie betont den Glanz des weiblichen Auges, passend zur Saison, leuchtend farbig-schwarz.

Das Zuviel an *Liquid Eyeliner* streiche ich vom feinen Pinsel; ich fasse den langen Griff etwas weiter vorne und ziehe eine subtile Linie bis Mitte des unteren Lids, die perfekte Ergänzung zur Mascara, für den tiefen Blick. Den unteren Wimpernkranz tuschen – die Augen sind gut.

Rouge Allure, Nr. 14 *Passion.* PS, Verführung. Ich entferne die schwarze Kappe und drehe, der Farbkörper ist bestäubt mit Goldpigment. Ich trage leuchtendes Rot auf, cremig-konsistent, geschmeidig-durchfeuchtet: Silikone, Sheabutter, Rapsöl. Ich tupfe ab und fülle die Lippen nochmals aus, der Lippenstift muss heute alles überstehen.

Ich habe sechs Vaterunser gebetet. Nun stehe ich auf der Gasse im schmalen Jupe, am Gürtel das Jagdmesser, Riemchenschuhe, die Seidenbluse, vanillefarben. Ich bemühe mich um den aufrechten Gang, das Becken bewegt sich minimal.

Der Bock liegt da, warm und weich, die Augen offen, wie ich es kenne, eine Blutschnur läuft aus seinem Mund.

Er sieht die Gemse.

Ich höre meinen Vater: Wenn die Gemsen über der Waldgrenze sind, pass auf, sie haben gute Augen, ein gutes Gehör, im offenen Gelände wird der Schall nicht gedämpft. Wenn ein Stein über die Geröllhalde rollt, gute Nacht, du musst dich anpirschen, *poppa,* wenn es noch dunkel ist, am besten um fünf. Entweder kommst du, wenn die Nacht dich schützt, oder es wird schwierig, dann musst du schleichen, von oben. Es gibt diesen kleinen toten Winkel, hinten, vorne sind die Gemsen wie Leuchttürme, mit einem 180-Grad-Licht-Winkel. Wenn sie dich sehen, pfeifen sie, vor allem die nassen Geißen pfeifen, ähnlich dem Murmeltier, nicht so perfekt. Abends und nachts sind sie gerne in einer Senke, sie bevorzugen Unterstände, kleine höhlenartige Ausbuchtungen, Grasbänder. Tagsüber turnen sie herum in schwindelerregenden Felswänden. Der Bock, den wir verfolgen, der Bock, den du willst, ist allein, er steht abseits. Er wartet. Du musst ihn überlisten. Was zählt, ist Instinkt. Brauch deinen Instinkt, und er wird dir nicht entkommen.

Schalenwild muss unverzüglich aufgebrochen werden. Ich kenne den Leitfaden für Bündner Jäger auswendig.

Damit er nicht zur Seite kippt, lege ich den kleinen Bock, der wie ein verwilderter Hund wirkt, auf den Rücken, ich ziehe das Jagdmesser aus der roten Scheide, klappe es auf, schneide das Tier vom Kehlkopf zur Brust hin auf, löse mit der Hand Drossel, dann Schlund, durchschneide beides, den Schlund verknote ich, damit der Inhalt des Pansens nicht ausläuft, die Drossel durchschneide ich oben und unten und nehme sie heraus.

Nun trete ich zwischen die Hinterläufe. Oberhalb der Brunftkugeln öffne ich die Bauchdecke, schiebe Zeige- und Mittelfinger in die Öffnung und hebe die Haut von innen an, um die Eingeweide vor dem Schnitt zum Brustbein zu schützen. Der Schlund tritt oberhalb des Pansens aus der Brusthöhle durch das Zwerchfell, ich fasse ihn, hebe das ganze Eingeweide aus der Bauchhöhle und lege es neben dem Tier ab; es bildet sich eine Lache.

Nun beginne ich, die Gallenblase herauszuschneiden und die Leber abzulösen, bei der Wirbelsäule finde ich die Nieren. Leber und Nieren werde ich zu einem Wildpâté für Burger verarbeiten, deshalb lege ich sie sogleich in das Säckchen, das für die Kundschaft und ihre Croissants gedacht war.

Entlang der Rippen durchtrenne ich rundherum das Zwerchfell, dann greife ich in die Brust und fasse den Rest der Luftröhre. An ihr ziehe ich Lunge und Herz heraus, ich lege die Herzkammern frei und die Delikatessen in einen Patisseriekarton: zum Verschenken.

Den Enddarm schneide ich ab, die Harnblase nehme ich bauchwärts heraus. Durch einen Schnitt rund um das Waidloch lässt sich das letzte Stück Enddarm herausziehen. Das Tier lege ich auf die Seite, der Schweiß rinnt aus. Mit einem Schwamm wische ich Bauch- und Brusthöhle sauber.

Die Gasse ist kühl und luftig, ein guter Ort für das Erkalten. Den Aufbruch lege ich vor das Blumengeschäft, das so nobel ist, dass es keinen Namen hat. Leber, Nieren, Lunge und Herz lege ich in die Konditorei neben die Erdbeertörtchen, die ich als Proviant reserviert habe.

Ich binde Vorder- und Hinterläufe mit einem Bergsteigerseil zusammen, halte sie und die Hörner, gehe mit geradem Rücken in die Hocke und hebe das frische und beugsame Wildpaket vorsichtig auf den Rücken, ich fasse alle vier Hufe und ziehe sie wie eine Haube auf den Kopf. Zwei Passanten grüßen freundlich, ein Kind fragt, was ich da mache. Ich sage: opfern.

Ich stehe auf und trage das erlegte Tier vorbei an Coiffeur, Goldschmied, afrikanischen Masken, Spielen, Schuhen zum Grossmünster am Zwingliplatz, ich öffne die Tür unter dem hässlichen Achatfenster und schreite gemessen zwischen den schweren Pfeilern, unter Märtyrern, Schwertern und Rundbögen durch das romanische Schiff bis zur Kanzel, ich bleibe vor der steinernen Treppe stehen, gedenke der Toten und lege die Gemse beim Taufstein ab. Auf dem Taufstein liegt die aufgeschlagene Bibel.

Ich falte die Hände und lese laut:

»Lobe den Herrn, meine Seele! O Herr, mein Gott, wie bist du groß! Pracht und Hoheit ist dein Gewand, der du in Licht dich hüllst wie in ein Kleid, der den Himmel ausspannt wie ein Zeltdach, der seinen Söller zimmert über den Wassern, der Wolken zu seinem Wagen macht, der einherfährt auf den Flügeln des Sturms, der die Winde zu seinen Boten bestellt, zu seinen Dienern Lohe und Feuer, der die Erde auf ihre Pfeiler gegründet, dass sie nimmermehr wankt.«

Meine Stimme ist heiser. Der Pfarrer kommt auf mich zu. Er fragt, ob es mir gut gehe. Ja, sage ich, es geht mir gut. Aber der Psalm macht mich traurig. Er müsste heißen:

»Dà lod als Segner, o tü mi'orma! Etern, meis Dieu, quant grand est tü! Est vesti cun gloria e majestà, plajà aint in glüm sco in üna mantella. El stenda ils tschêls sco üna cortina, fabricha sün auas sa dmura celesta. El piglia las nüvlas per sia charra e svoula via süllas alas dal vent chi sun seis mess, da fö e da flamma sco seis serviaints.«

Ich verstehe, sagte der Pfarrer, es gibt keinen Trost mehr für dich, Schwester.

Danke, sage ich, drehe mich um, blicke zur Empore. Spanische Trompeten, die auf mich zielen, Engel, ein Löwe.

Der Jupe starrt vor Blut bis über die Knie, die Ärmel der Bluse sind rot, und es tropft vom Kopf auf den Boden der Kirche.

Herr Baumann

Der Zug stand noch. In Chur roch es nach Föhn. Die Frau am Vierertisch sprach darüber. Sie wohne im Rheinquartier und habe Kopfschmerzen, sagte sie in breitem Dialekt. Ich dachte an meine Mutter, die immer betont hatte, wie erbärmlich die Frisur am Ausgang der Churer Bahnhofstrasse aussah, obwohl sie ein paar Häuser weiter oben beim Coiffeur fast eine Stunde unter der Haube gelitten hatte.

Ich dachte an meine Mutter, an ihr schönes dunkles Haar, an die perfekt toupierte Farah-Diba-Frisur, während ich am Zweiertisch im Restaurant-Waggon der SBB den Laptop auspackte, ohne den Mantel abgelegt zu haben. Die Föhnfantasien hatten sich verzogen, meine Gedanken rochen bereits die Himbeersauce des Grießflammeri, wie das Grießköpfchen im Glas neuerdings hieß, die neuste Création von Studi, die Création mit den vielen Rosinen zum Picken oder, wenn niemand schaute, Schlingen.

Studi, das war der sympathische Fernsehkoch, der die Zuschauer beschämte mit der blitzblanken Küche und den perfekt zerkleinerten Zwiebeln. Während des Pürierens und Unterhebens und schaumig Schlagens lachte er

wie ein Synchronschwimmer, der, während der Fuß
wippt, mit der Hand schraubt und gleichzeitig rhyth-
misch sein Becken bewegt. Im Nu richtete Studi damp-
fende Wunder an, die man für 11 Franken 50 pro Person
jederzeit nachkochen konnte.

Studi hieß natürlich Herr Studer, wie der Wachtmeis-
ter Studer von Friedrich Glauser. Friedrich Glauser, der
schreibende Morphinist mit der schrecklichen Jugend.
Vielleicht kam Studi der Name, der in seinem Pass stand,
belastet vor oder behäbig, altväterisch, wahrscheinlich
zu Recht, so ein Herr Studer ist groß im Zigarrenrauchen,
er ist Klassenbester im maulenden Herumstehen und
Detektieren, vielleicht reißt ein Herr Studer eine ver-
zweifelte Frau mittleren Alters auf. Kochen kann er nicht.
Außer Stocki, Kartoffelbrei aus der Tüte. Einrühren, das
traut man ihm zu. Aber der Studer beim Backen, der Studer beim Braten? Aber der Studer beim Backen, der Studer beim Braten? Da fragt die Schweizer Hausfrau: Heißen Sie nicht Stalder? Haben Sie die Staldercreme
erfunden? Oder war das Ihr Großvater? Die Creme heißt
Stalden, sagt Studi zur Schweizer Hausfrau, sie kommt
aus Stalden bei Konolfingen. Die schmeckt hervorragend,
wenn ich sie mit viel Schlagrahm veredle, weil Schlagrahm hervorragend schmeckt, sagt sie.

Einem Studi hingegen traue ich in den Bereichen Backen und Braten. Mit Schleckereien und Pikantem – ge-
rollt, gefüllt, gerührt, gesotten –, alles solid und gut, da
kann er punkten. Mami, Papi, Studi. Das perfekte Trio
für den helvetischen Familientisch. Eine coole Idee für
jeden Geburi. Zuerst einen Studisalat, dann eine Staldi-

creme, statt des herben Birchermüeslis. Bircher, Birchi, das geht gar nicht. Auch Baumi geht nicht.

Herr Baumann ist Herr Baumann oder in Zürich Herr Bumä, aber das kann ich nicht aussprechen. Und ich kenne Herrn Baumann noch gar nicht, er tritt nämlich erst jetzt in den Waggon und in mein Leben. Herr Baumann setzt sich mir gegenüber und beginnt zu reden. Er redet und redet. Er stellt viele Fragen. Ich beantworte keine. Dann redet er weiter.

Er stolpert gut gelaunt in mein Auge, er fällt in mein Ohr ein, Herr Baumann rutscht in meinen Brustraum. Jetzt spaziert er im Sonnenschein zwischen den Organen, er setzt sich auf eine rot lackierte Bank und ruft: Hopp! Herr Baumann sitzt da wie in einem Baumhaus.

Wie ist das möglich? Wir sind nach fünf Minuten Kinder. Nach fünf Minuten!

Herr Baumann hat eine Hütte auf dem Apfelbaum für uns gebaut. Die Vorhänge hat er selbst geschneidert aus den Resten des rot-weiß karierten Baumwollstoffs aus der Kiste. Wenn das seine Mutter merkt, gibt es Haue vom Vater. Herr Baumann beißt immer die Zähne zusammen, wenn es Haue gibt vom Vater. Ich beiße auch immer die Zähne zusammen. Aber ich weiß nicht, weshalb. Haue gab es nie. Aber vielleicht wird es einmal Haue geben. Und dann ist es doch gut, wenn ich die Zähne bereits zusammenbeiße.

Ich schaue zu den Vorhängen, die aussehen wie karierte Lumpen mit Fransen. Ich finde das originell. Herr Baumann nickt mir zu. Er fragt, ob ich ein Stück Kuchen wolle. Nein, danke, Herr Baumann, sage ich.

Der Apfelbaum steht auf dem Pausenplatz. Die anderen sind in der Schule. Die anderen sind brave Schüler. Herr Baumann und ich, wir schwänzen. Wir sitzen uns gegenüber, Herr Baumann vor einem Milchkaffee, nein, einer Schale, und ich vor einer Cola Zero.

Herr Baumann, was meinen Sie, soll ich auf den Pausenplatz spucken? Ja, wenn Sie meinen, Frau Manfredi. Ich traue mich nicht, Herr Baumann. Ich bin ein Mädchen. Wie bitte, weil Sie ein Mädchen sind, trauen Sie sich nicht? Oder trauen Sie sich nicht, weil Sie ein kleiner Feigling sind? Sie müssen mir keine Antwort geben, Frau Manfredi. Glauben Sie mir einfach: Auch Mädchen dürfen auf den Pausenplatz spucken oder auf die Straße oder in die Hände; Mädchen können sogar im Stehen pinkeln. Haben Sie das noch nie versucht, Frau Manfredi? Nein, Herr Baumann, aber es würde mich sehr reizen.

Mit den Niedlichkeiten ist es vorbei, diese Reise wird gelingen. Ich weiß, den Laptop werde ich heute nicht aufklappen, an meiner Geschichte werde ich nicht weiterschreiben. Die Geschichte, die nicht zu Ende ist. Die Geschichte, die kaum begonnen hat. Nur ein Bild: der Teich zwischen Samedan und La Punt, darüber eine Libelle, der bewölkte Himmel. Ein paar Spiegelungen, Licht, lahme Vergleiche. Wer will das lesen?

Der einzige mir bekannte Leser sagt, ich solle alle Bilder, die ich habe, mit kruden Interneterfahrungen verbinden. Das sei heutig. Die Leute wollten Dinge lesen, die sie betreffen. Und da sie kaum noch rausgingen, müsse ich das Bild des Teiches und der Libelle unter dem Himmel auf einem Bildschirm effektvoll aufflackern lassen, und dann solle ein Mord passieren, weil sich ein anonymer Kommentator mit dem Blogger trifft, der diese Geschichte online gestellt hat. Sie streiten. Der eine fällt in den Teich etc. Der einzige mir bekannte Leser glaubt an eine Dominoreaktion virtueller und realer Spiegelungen.

Im Netz habe ich noch einen anonymen Leser, der jede Woche unverständliche Kommentare hinterlässt. Vielleicht würde der sich freuen. Er würde die Internetgeschichte über natürliche Spiegelungen zwischen Himmel und Erde und über virtuelle Spiegelungen und Monitore lesen, was ihn und seine Erfahrung spiegelt, während sein Monitor spiegelt, und er würde an die Zeit denken, als er mit einem Spiegel vor einem Spiegel stand und in einen spiegelnden Tunnel schaute, damals schwante ihm, dass dieser Tunnel etwas bedeutet, da erfuhr er in der Schule, dass alle anderen auch darüber nachdachten, und das fand er öd, und er hörte auf, darüber nachzudenken, denn das brachte eh nix. Er und die anderen, sie hatten Besseres zu tun im Leben. (Herr Baumann und ich, wir dachten über diesen Punkt anders.)

Ich könnte über einen Verzweifelten schreiben, einen Mann, erschöpft von Internet und Pornokonsum, er sehnt sich nach einem Teich zwischen Samedan und La Punt, er sinniert über die Libelle als Mittlerin zwischen Himmel und Erde. Ich würde so einen Mist nicht lesen wollen, aber vielleicht sind nicht alle Leser gleich. Weil Herr Baumann und ich die Einzigen sind, die über den Spiegeltunnel noch immer nachdenken, muss ich davon ausgehen.

Ich ahne, dass ich nicht nur den Laptop nicht aufklappen, sondern auch keine Zeit haben werde, den

Grießflammeri mit Himbeersauce zu bestellen. Eine Cola Zero. Basta. Sie steht vor mir.

Herr Baumann hat ein Loch in der verwaschenen Jeans, *stonewashed* hieß das einmal, das Loch, oder genauer der Riss, liegt auf der Höhe des linken Knies, Herr Baumann ist der Mann mit einer zerfetzten Jeans, wie sie Kindergärtner tragen, bevor ein Traktor aufgebügelt wird, und einem roten Strickpulli mit Reißverschluss, ein bisschen Eighties, Turnschuhe, weiß. Spielt Herr Baumann in diesem Aufzug Tennis? Hatte er Streit mit seinem Sparringpartner, wurde der handgreiflich, weil Herr Baumann gesagt hatte, jetzt sei Schluss, er spiele nicht weiter mit so einer verdammten Kapitalistensau?

Herr Baumann ist der Typ, der vor vierzig, fünfundvierzig Jahren an jedem Grümpelturnier von den Mädchen hinter dem Tor als Star des Jahrhunderts bewundert wurde. Und ich möchte, bevor ich weiterfahre, betonen: Sie hatten recht. Herr Baumann ist der Star des Jahrhunderts.

Der Mann mit der Jeans und dem roten Pullover, der Mann mit den Turnschuhen und dem federnden Schritt setzte sich vorhin zu mir. Er fragte, ob er dürfe. Klar, sagte ich. Er fragte, ob er nicht störe. Nein, sagte ich. Herr Baumann sagte: Ich bin Herr Baumann. Ich sagte: Ich bin Frau Manfredi.

Herr Baumann ist sehr schön. Groß und athletisch, blaue Augen, volles Haar, ein ebenmäßiges Gesicht, elegante Hände. Er strahlt, und manchmal zuckt es irgendwo, er fährt sich ins Gesicht, er staunt. Und wenn er strahlt, ist er zwölf, er ist ein Zwölfjähriger, der noch nicht weiß, wie man Wachposten aufstellt, wenn Frau Manfredi gegenübersitzt. Frau Manfredi ist jetzt gerade zehn. Vielleicht hatte Herr Baumann einmal ein paar Wachposten, als er 40, 45 war, ich weiß nicht, was mit ihnen geschehen ist, vielleicht waren sie zu kostspielig, oder es waren faule Säcke. Man kann Pech haben mit den Wachposten. Meine Wachposten werden anders sein, wenn ich mal 55, 60 bin. Jetzt sind sie Teil einer größeren Eliteeinheit, ich weiß nicht, wie die heißt, sie wurde darauf trainiert, faule Wachposten oder unbewachte Menschen umzulegen, ohne Pardon. Meine Gardisten brandschatzen, morden und vergewaltigen, wo sie nur können. Sie nutzen jede Gelegenheit, den anderen kaltzumachen und seinen leblosen Leib auf die Schienen der SBB zu werfen.

Ich drehe am Deckel meiner Cola Zero und nehme einen Schluck. Herr Baumann lacht. Er glaubt, dass ich schreiben kann. Er schreibt selbst. Herr Baumann schreibt Geschichten. Ich glaube, dass er schreiben kann. Wir trinken beide ein braunes Getränk, wir glauben aneinander. So könnte das noch lange weitergehen, aber Ziegelbrücke ist schon vorbei.

Herr Baumann wollte einmal nach Italien, er fuhr mit seinem Motorrad Richtung Süden, aber kurz vor der Grenze überlegte er es sich anders, er bremste scharf ab, die Maschine geriet ins Schleudern, Herr Baumanns Jeans wurde zerrissen, seine Stirn zerkratzt. Lassen Sie einmal Ihre Stirn sehen, Herr Baumann! Ist nicht so schlimm.

Den Riss in der Jeans hat er geflickt, mit Klebeband, er hat es auf die Innenseite der Jeans geklebt. Sieht ganz passabel aus, finde ich jetzt. Ich erzähle Herrn Baumann, dass ich vor ein paar Jahren meine beste Hose mit Bostitch gekürzt habe und schmutzige Unterhosen in den Müll warf, weil ich zu faul war zu waschen. Herr Baumann lacht. Ich schäme mich nicht.

In Zürich stehen wir gleichzeitig auf. Wir steigen vom Apfelbaum, wir steigen aus. Herr Baumann und Frau Manfredi geben sich die Hand. Sie schwören auf Perron 9, die Schule für immer zu schwänzen und jeden Tag auf den Boden zu spucken. Bis zu ihrem letzten Atemzug.

Die Bibelzitate stammen aus 1. Mose 3, 24 (S. 166)
und Psalm 104 (S. 184).

Foto: Yvonne Bollhalder

Über die Autorin

Romana Ganzoni wurde 1967 in Scuol, Unterengadin, geboren, wo sie auch aufwuchs. Geschichts- und Germanistikstudium an der Universität Zürich, Aufenthalt in London. Nach zwanzig Jahren Tätigkeit als Gymnasiallehrerin widmet sie sich heute ganz dem Schreiben und lebt als freie Autorin in Celerina, Oberengadin. Seit 2013 Veröffentlichungen in Literaturzeitschriften. 2014 Teilnahme am Ingeborg-Bachmann-Wettbewerb in Klagenfurt. Förderpreis des Kantons Graubünden. Seit 2015 Kolumnen in der *Schweiz am Sonntag* und im KulturBlog der *Engadiner Post*. *Granada Grischun* ist ihre erste Buchveröffentlichung. www.romanaganzoni.ch

»Ein kühner Gegenentwurf zu jeder Engadin-Idylle.«

Angelika Overath, *NZZ am Sonntag*

Leta Semadeni

Tamangur

Roman

144 Seiten, gebunden
11. Auflage 2017
Fr. 22.– | € 19,90
ISBN 978-3-85869-641-0

Die bekannte Lyrikerin Leta Semadeni legt ihren ersten
Roman vor: *Tamangur* erzählt von dem stillen Kind
und seiner außergewöhnlichen Großmutter in einem
Engadiner Bergdorf, das »nur ein Fliegendreck auf
der Landkarte« ist. Der dritte Stuhl am Tisch ist leer,
der Großvater ist jetzt in Tamangur.
Mit Feingespür, Wärme und Humor, in schnörkelloser,
aber bildreicher Sprache beschreibt Leta Semadeni
zwei Menschen, die sich gegenseitig am Leben halten:
Einfreundliches, manchmal absurdes Tagein-Tagaus,
unter dem, immer spürbar, das menschliche Drama
lauert.

*Ein Roman von der Tragweite eines griechischen
Dramas, der einen auch nach der Lektüre
nicht mehr loslässt.*

Pascale Kramer

Die Lebenden

Roman

Aus dem Französischen
von Andrea Spingler

176 Seiten, gebunden, 2017
Fr. 29.– | € 27,–
ISBN 978-3-85869-744-8

Ein strahlend warmer Tag im Mai. Der siebzehnjährige
Benoît wartet auf seine Schwester, die mit ihrem
Mann und ihren beiden Kindern zu Besuch kommen
soll. Die schöne Louise, mit sechzehn schwanger
geworden, kehrt selten in das triste Elternhaus an der
viel befahrenen Landstraße zurück, aber noch immer
empfinden Bruder und Schwester eine tiefe Nähe
zueinander. Als die beiden zusammen mit den Kindern
in der schläfrigen Mittagshitze zur nahe gelegenen
Kiesgrube fahren und Benoît im Übermut die Jungen
in die Fördergondel setzt, nimmt ihr Leben von einer
Sekunde auf die andere eine tragische Wendung.